ロウきゅーぶ！ 15

RO-KYU-BU!

蒼山サグ

イラスト†ていんくる

RO-KYU-BU!

【名前】長谷川昴
(はせがわすばる)
【生年月日】10/11
【血液型】A 【身長】172cm
【クラス】七芝高校1年10組
【理想のバレンタイン・デート♥】
あんまり想像できないけど、
俺はたぶんぜんぜん気が利かない
から、相手が楽しんで
もらえることが
第一かな……?

プロローグ

RO-KYU-BU!

―交換日記（SNS）01―◆Log Date 2/1◆

『やっほ～！　おひさ～！　まほまほ』

『おー。おひさしぶり。　ひなた』

『大げさねえ。メンテナンスでちょっとの間ここが使えなかっただけじゃない。今日《きょう》だって学校で会っているのに。　紗季《さき》』

『でも、真帆《まほ》とひなたの気持ちもわかるよ。私も早くみんなとお話ししたくて、ログインできるようになるまで晩ご飯食べてからずっと待ってたもん。　湊《みなと》　智花《ともか》』

『えへへ、毎日できていたことができなくなると、なんだかそわそわしちゃうよねっ。　あいり』

『もー、トモと愛莉《あいり》もなの？　ふふ、もうすぐ中学生なんだからもっと落ち着きを身に付けないと。

『とかいってサキもセイザタイキしていたくせに。　紗季』

『し、してないわよ！　まほまほ』

『おー。みんなわくわくお待ちかねだった。　紗季』

『してないって言ってるのに……。　ひなた』

『ながつかうそつきさんはほっといて、あたしなんかまちきれなくなっておとーさんにあたらしいチャットつくってもらおうかとおもっちゃったぜ！　紗季』

『メ、メンテナンスが時間通りに終わってよかったね。真帆ちゃんのお父《とう》さんなら、本当にすごいのを作って下さりそうだから……。　まほまほ』

『ふたつになってたら、もったいなかった。　あいり』

ひなた』

『真帆《まほ》のわがままで、余計なお手間をおかけしなくて何よりだわ。あとうそつきじゃないから！　紗季《さき》』

『だっておそいんだもん〜。メンテナンスとかほんときらい！　まほまほ』

『きっと、チャットも私たちと同じでときどきお休みは必要なんだよ。　湊《みなと》智花《ともか》』

『トモの言う通りよ。真帆だって休まずに24時間バスケだけやり続けていたら、絶対にへばっちゃうでしょ。　紗季』

『えーそうかなー。　まほまほ』

『おー。ひなは、いっぱいねないと元気にばすけできない。　ひなた』

『わたしもお休みなしは無理かなぁ。今は特に近くの目標がないし、気分転換で休んだり、遊んだりする時間がないと、ちゃんと集中し続けられないかも……。　あいり』

『うむ！　たしかにきぶんてんかんはだいじだ！　よし、どようびあそびにいこう！

『唐突すぎるでしょ……。本当にいつまでたっても落ち着きがないんだから。　　まほまほ』

『あはは。でも、予定が合うなら私も息抜きに遊びたいかな。　　紗季』

『わーい。ひなもさんせい。　　湊　智花』

『わたしもお出かけしたいですっ。　　ひなた』

『ま、私も遊ぶのは歓迎だけどね。いいわよ、どこか候補はあるの？　　あいり』

『んー、なんでもおっけーなんだけど……。あ、そういえばサキ。あのおみせどんなかんじ？　　紗季』

『ああ、この前話した？　相変わらずの大行列よ。実は私もますます気になっていたところ。　　まほまほ』

『昴《すばる》さんも、行ってみたいっておっしゃっていたよねっ。　　紗季』

　　湊　智花』

『よっしゃ！　じゃあすばるんもさそってみんなでセンニューしようぜ！
まほまほ』

『うん、そうしようっ。えへへ、とっても楽しみ。
あいり』

RO-KYU-BU!

scene.1

【名前】三沢真帆
(みさわまほ)

【生年月日】7/2

【血液型】AB

【身長】145cm

【クラス】6年C組

【所属係】飼育係

【理想のバレンタイン・デート♥】
あたしがたーくさんいろんな願い
叶えてあげるよ！
どんなことでも
メーレーして
ほしいな！

「おお、まだけっこう並んでるね」

冷たく乾いた風が喉《のど》を抜ける土曜日《どようび》の昼下がり。俺《おれ》——長谷川昴《はせがわすばる》は、五人の子どもたちとのんびりアーケード街を歩く。

いや。子どもたち、という表現はそろそろ失礼かもしれないな。六年生の二月という時期は、限りなく中学生に近い。さらなる大きな舞台《ぶたい》へと羽ばたいていく一歩手前。大人《おとな》でも子どもでもない、ターニングポイントの真上にいるみんなの後ろ姿を眺めていると、眩《まぶ》しさ、そしてほんの少しの寂しさを覚えずにはいられない。

なんて、それじゃあまるでずっと小学生でいてほしいみたいで語弊《ごへい》があるか。もちろんそういう意味じゃなくて、ただ、今の関係……俺が慧心学園《けいしんがくえん》初等部女子バスケットボール部のコーチでいられる時間も残り少ないのだなと実感させられて、微妙にしんみりした気持ちが混ざってしまっているだけなんだけど。

量で言えば、圧倒的に希望の方が多い。中学生になって、五人がプレイヤーとしてどんな成長を遂げるか。未来へ向けてできるだけ頑丈な橋を架けてあげられるよう、これからも残り少ない毎日を大切に過ごしていかなければ。

「お昼時を外せば大丈夫かと思ったんですけど……」

感心した俺に、眼鏡《めがね》の奥で瞳《ひとみ》を大きく見開きながら相づちを打ってくれたのは永塚紗季《ながつかさき》。本日のお目当ては、すずらん通《どお》りに新しくできたうどん屋さんでの昼食会だ。同じ街の飲食店で暮らしている紗季にとっては、ことさら気になる存在だろう。この訪問は幾何《いくばく》か『取材』という目的も兼ねているのかもしれない。もちろん、敵対心のようなものを抱いている様子《ようす》は一切ないけれども。

「マジか～。もうおなかペコペコなのに～」

どんよりとした顔で背中を丸め、三沢真帆《みさわまほ》がみぞおちの近くを抱きかかえる。現在時刻は午後一時半を少し回ったところ。正午あたりは連日大行列なので少し時間を遅らせようという判断だったのだけど、土曜日ということもあってか未《いま》だ客足は衰えることを知らないようだ。

「おー。ひなもおなかぺこぺこだから、いつもよりたくさん食べられるかも」

ニコニコ顔のまま右手を高く突き上げたのは、袴田《はかまだ》ひなたちゃんだ。いつも朗《ほが》らかなその仕草《しぐさ》はまさに癒《い》やしの象徴。ちょっと落ち込みかけてた真帆も「そだな！　大盛りだ！」とすぐに笑《え》みを取り戻し、背筋をしゃっきりと伸ばしている。

「えへへ。何を注文しようかなあ」

あご先に指を添えながら控えめに微笑《ほほえ》む香椎愛莉《かしいあいり》。恵まれた長軀《ちょうく》の持ち主だけれども、こういう時見せる表情は皆と変わらずあどけなくて、とてもかわいらしい。やはり同じ十二歳なのだなと再認識《さいにんしき》させられた。

ちなみに本日、兄の香椎万里《ばんり》も誘いを受けたのだが、『うどん？　腹に溜《た》まらん！』と一蹴《いっしゅう》した模様。あいつはわかってない。

「昴《すばる》さんは注文するメニュー、決めましたかっ？」

隣《となり》からこちらを見上げ、片結びにした髪を弾ませながら質問してくれたのは湊智花《みなとともか》。ひとたびバスケットボールを持てば誰《だれ》にも負けないほどの凜々《りり》しさとスピード感で眼《め》を惹《ひ》きつける少女だけど、普段《ふだん》の様子《ようす》はその名の通り花のようにたおやかで、いつもギャップに驚《おどろ》かされる。そんなところもまた、智花の持つ魅力《みりょく》の一つだろう。

「うーん、正直まだ迷ってるよ。寒いから温かいのがいいかなあとは思うんだけど……」

少し考えてから、苦笑気味に返事する。耳にした情報によると、お店は本格讃岐《さぬき》うどんを謳《うた》っているとのこと。ならば初訪問ということもあるし、シンプルに釜揚《かまあ》げで麺《めん》本来の食感を楽しむべきか。でも、かけうどんで出汁《だし》とのコラボレーションを味わいたい気もするし、釜玉を豪快にすすり上げる快感も捨てがたい。加えてもし限定メニューが残っていたらそっちにも誘惑されちゃいそうだし……。

ダメだ、やっぱり絞りきれない。まあ、列が進むまであと数十分はかかると思われるから、ギリギリまで悩んで答えを出そう。

「ひなちゃんはもう決めた？」

「おー。ひなはやっぱりぶっかけ」

「ヒナはぶっかけ大好きだな～。あたしはどうしようかな……。やっぱりカレーうどんかな」

「私は基本のかけうどんから食べてみたいわ。変わり種系は次に来たときかしら」

他《ほか》の子たちともメニュー談議《だんぎ》をしながら、列の最後尾へ。少しして俺《おれ》たちの後ろにもう一組のお客さんが加わったところで、お店の中からいそいそと女性が一人《ひとり》こちらにやってきた。

「本日はここまでで麺切れ終了とさせて頂きます。申し訳ありませんが、もし後ろにまたお客様がいらっしゃったらお伝えして頂けますでしょうか」

そう告げ、了承を貰《もら》うともう一度頭を下げてから、店内に戻っていく女性店員さん。

「危なかったな～。サキの作戦のせいでうどん食べられないところだった」

「そ、そんなことはないわよ！　ちゃんと間に合ったんだからむしろ好判断でしょ！　……まあギリギリになったのはちょっとだけ計算外だったけど」

ほどなく全員から口々に安堵《あんど》の溜息《ためいき》が漏れた。からかい気味の笑《え》みで肘《ひじ》をちょんちょんと突く真帆《まほ》に、紗季《さき》は少し慌て加減に眼鏡《めがね》を直しながら反論《はんろん》する。

「もっと早く来たらかなり待たなきゃいけなかった雰囲気だし、確《たし》かに絶好のタイミングだったかもね。あとのお客さんのことを考えなくて良いから落ち着いて食べられそうだし」

幽《かす》かに気にしている雰囲気が感じられたから、俺も紗季に同調《どうちょう》する。後ろに行列があると思うとどうしても早く出なきゃという気分になってしまうので、結果的にはいちばん良い選択だったのではないだろうか。

「そ、そうですよね！　……とにかく、長谷川《はせがわ》さんにもわざわざ来て頂いたのに、売り切れで食べられないことにならなくてよかったです」

「いやいや、近くだしダメならダメでも気にしなくてよかったんだけど」

「おー。うどんがだめでも、さきのおうちでおこのみやきがある」

ひなたちゃんの言う通り、そういう選択肢もとれたな。ともあれ無事に食べられそうなので今日《きょう》はうどんを堪能《たんのう》しよう。

「次に入れるね」

「うんっ。わたしもだいぶおなかすいてきちゃった」

雑談《ざつだん》を重ねること十分ほど、ついに入り口前までたどり着けた。智花《ともか》と愛莉《あいり》も空腹がこたえていたのか、安堵《あんど》するように笑《え》みを交わし合っている。俺《おれ》もそろそろ我慢が辛《つら》くなってきていたところだったけど、印象よりは短い待ち時間だったかな。オペレーションがよくて回転が速いのかもしれない。

ちなみにお店の名前は『芯力《しんぢから》』というらしい。コシに対するこだわり、といった感じの命名だろうか。

「六名様、こちらへどうぞ～！」

間を置かず、ついに店内へ。内装はシンプルながら小綺麗《こぎれい》で、テーブル一つ一つの間隔もゆったり取られている。カウンター席もあって一人《ひとり》でも安心。無駄《むだ》のない機能美《きのうび》からますます味への期待感を抱かずにはいられなかった。

「麺《めん》、注文してから茹《ゆ》でてくれるんだね」

「うどん茹でるのけっこう大変なんだよな～」

メニューを見つめながら、感心し合う智花と真帆《まほ》。そういえば五人は俺の誕生日《たんじょうび》に手打ちうどんを粉から作ってくれた『経験者《けいけんしゃ》』だもんな。ゆで置きにした方が当然に提供が楽になるんだろうけど、それをしない一手間に強いこだわりを感じる。

ちなみに讃岐《さぬき》うどんの場合ゆで置きだと手抜き、というわけではなく、むしろ標準的な販売方法らしい。太い麺を水で締《し》めておけば、ある程度の時間なら適度なコシを保つことができるようだ。

「ご注文はお決まりでしょうか？」

全員が心積《こころづ》もりを固めたところで店員さんに来て頂き、希望するメニューを伝える。最終的には俺と智花と紗季《さき》がかけうどん、愛莉とひなたちゃんが温かいぶっかけ、真帆がカレーうどんという選択になった。あとはてんぷらや温玉《おんたま》など、各々《おのおの》が希望するトッピングも追加。

「お待たせいたしました！」

そして待つこと十五分弱。いよいよ六杯のうどんが同時にお目見えした。

「バラバラの注文だったのに、時間差なしでの出来上がり。……簡単《かんたん》なようで、ひとつの連携ミスも許されない大変な仕事なのよね。食べる前だけど大行列にも納得だわ」

「おー。天ぷらさんも、あげたてほかほか」

「温玉《おんたま》が別のお皿に入っているのもうれしいな。これなら好きなときにトッピングできるから」

実家が飲食店である紗季《さき》ならではの称賛《しょうさん》に続き、ひなたちゃんと愛莉《あいり》も細やかな配慮《はいりょ》に喜びの声をあげる。

そして俺《おれ》も、既に眼《め》の前の丼《どんぶり》に対し視線《しせん》が釘付《くぎづ》けだった。高らかに上る湯気からは豊満な節《ぶし》の香りが立ちこめ、しかし魚の生臭みのようなものは一切混ざらない。醬油《しょうゆ》成分が強すぎない黄金色《こがねいろ》のつゆは、小麦の旨味《うまみ》を引き立てること請《う》け合いだ。主役の麺《めん》もまたスポットライトで照らしたかのようにつややかで、ひとたび頰張《ほおば》ればしなやかに、情熱的《じょうねつてき》に、口腔内《こうこうない》で躍《おど》り続けてくれることだろう。

ああ、もうダメだ。辛抱《しんぼう》たまらない。

『いただきます！』

みんな同じ気持ちだったのか、示し合わせずとも声が揃《そろ》う。我先にと箸《はし》を取り、麺をすすり上げる軽快な音が心地《ここち》よいハーモニーを奏《かな》でる。

『…………！』

直後、絶句。

「んまっ！　ちょーんまっ！」

「……すごいわ、これ」

「もちもちなのに、もごもごしない」

「小麦の味って、このことなんだね。はじめてちゃんとわかったかも……」

「お出汁《だし》も、こんなのはじめてだよ。とってもうまみが濃《こ》いのに、ぜんぜんあとに残らないですっと消えていく感じ」

やがて深い衝撃《しょうげき》が収まった頃《ころ》、恍惚《こうこつ》の表情に彩られながら真帆《まほ》、紗季、ひなたちゃん、愛莉、智花《ともか》の順で感嘆が言葉に乗せられた。

ううむ、これは困った……。

俺は去年の誕生日《たんじょうび》以来、確固《かっこ》たる信念を得たはずだったのだ。

――うどんは小学生に限る、と。

もちろんその気持ちが揺らいでしまったわけではない。何しろ五人が俺のために心を込めて作ってくれたうどんだ。思い入れが違うから、うどんレコードがこれにて塗り替えられてしまったという事実は皆無。

だけど、否応《いやおう》なしに知らしめられた。職人技《しょくにんわざ》、という存在を。

もしかして、もしかしてだけど。

単純に料理として捉《とら》えるのであれば。

うどんは、小学生に限らずとも良いのだろうか……!?

「…………」

しばし無言で、丼《どんぶり》の中の小宇宙と向き合い続ける。子どもたちの会話も途切《とぎ》れたきりだ。他《ほか》のテーブルからも聞こえてくるのはおおよそ麺《めん》をすする音ばかりで、誰《だれ》しもがうどん以外の全《すべ》てを忘れてしまっているようだった。

「おー。もうなくなっちゃった」

「流行《はや》るわけだわ……。お父《とう》さんとお母《かあ》さんも連れてこないと」

ひなたちゃんと紗季《さき》の口からやっと声が漏れたのは、丼《どんぶり》が空になった後。普段《ふだん》、五人の食べる速度はまちまちなのだが、完食のタイミングが全員ほぼ一緒《いっしょ》だったことも、夢中度の証明だろう。

「──みんな、お口には合ったかい？」

俺《おれ》も感動を言葉にまとめようとした寸前、後ろから声が。振り返ると、真っ白な調理服《ちょうりふく》姿の男性が優《やさ》しく微笑《ほほえ》みながら、こちらに視線《しせん》を向けていた。

年のほどは、三十歳前後だろうか。少し若い気もしつつ、誠実そうな面持《おもも》ちからなんとなくこの方が店主さんかな、という予感を抱く。

「えへへ、とってもおいしかったですっ！」

「よかった。がんばって打った甲斐《かい》があった」

「ってことは、このうどん作ってくれた人？」

「うん。まだ駆け出しだけど、僕が始めた店だよ。いろんな人の助けがあってだから、一人《ひとり》で完成させられるものではないけどね」

思った通りこの方がオーナーだったか。愛莉《あいり》と真帆《まほ》に返したその言葉からも、うどんへの強い愛情が伝わってくる。

それにしても、どうして俺たちのテーブルにだけ声をかけてくれたのだろう。ふと見れば先客もだいぶはけて既にテーブルは半分ほど空きがある状況にせよ、少し不思議《ふしぎ》だ。

などと密《ひそ》かに考えていると、店主さんが少し申し訳なさそうに頭を下げながら、言葉を付け足す。

「ところで、なんだけど。君たち、もしかしてバスケットボールやってる？」

「えっ……!? は、はい。でもどうしてご存知なんですが？」

驚《おどろ》く智花《ともか》。それを聞いて、店主さんはどこかほっとした仕草《しぐさ》で笑《え》みを強めた。

「勘違いじゃなくてよかった。実は、見に行ってたんだよ。去年の暮れのミニバス大会。そこでたまたま目にしたすごい試合に出ていた子たちに似ているなあって、厨房《ちゅうぼう》越しに気になってたんだ。で、思わずこうして声をかけちゃったってわけ」

なんと、それはまたすごい偶然だ。ミニバスの大会、それも地区予選となるとあまり一般的に耳目《じもく》が集まるイベントではないはずなのに。

「小学生がお好きなんですか？」

「ひどい誤解だ！」

いけない、店主さんを思いっきり狼狽《ろうばい》させてしまったぞ……。

「す、すいません言葉足らずでした！　ええとつまり、小学生のバスケにご興味《きょうみ》が？」

「んーと……。ちょっと込み入った話になっちゃって申し訳ないんだけど、身の潔白《けっぱく》を証明するためにもしっかり説明させてもらおう。僕自身もバスケ観戦《かんせん》は大好きなんだけど、それ以上に師匠が熱狂的《ねっきょうてき》なんだ」

「おー？　ししょう？」

「うん、僕にうどんのイロハを教えてくれた先生。その師匠の許《もと》で働いているうちに、影響《えいきょう》されて自分もバスケを見るようになった感じかな。師匠は本当に筋金入りでねぇ。仕事の傍《かたわ》ら小学校でミニバスのコーチを引き受けているくらいだし」

「ほへ～。じゃあ、すばるんといっしょだ」

ぽんと手を打った真帆《まほ》を見て、頷《うなず》きとも否定とも取れるような角度で首を斜めに動かす店主さん。

「といっても、そちらのコーチさんよりだいぶ年上だけどね。もうすぐ中学生になる娘さんがいるくらいだし。……で、去年はその師匠に頼まれて大会予選を見に行ったんだよ。なんでも監督《かんとく》しているチームが、初の全国大会出場を決めたらしくて。もし有力そうなライバルを見つけたら教えてくれって」

「全国大会……。お強いのですね」

紗季《さき》の静かな感嘆に続いて、顔を見合わせ微笑《ほほえ》む五人。同じフィールドに立てなかった残念さもいくらかはあるのだろうけど、表情が語るのは純粋な尊敬の念、ただそればかりだ。

「君たちだってすごかったよ。勝敗は残念だったけど、巡り合わせ次第では違う結果になっていたんじゃないかな。まあ、師匠のチームは今かなりの曲者揃《くせものぞろ》いであることも本当みたいだけどね」

曲者、か。ただ『強いチーム』と表現しなかったのは、何か特別な意味があるのだろうか。考えすぎかもしれないけど。

「どんなチームさんなんだろう。えへへ、試合してみたかったです」

「師匠もそう言っていたよ。もちろん硯谷女学園《すずりだにじょがくえん》のことも報告したけど、初戦の相手も強烈なインパクトだったたって伝えたら、『叶《かな》うことならチームのレベルアップのために合同練習とか、親善試合を申し込みたい』って」

「親善試合……。できたら、うれしいな」

愛莉《あいり》も智花《ともか》も、幾分声のトーンを上げて期待感を滲《にじ》ませている。ふむ、ここは願《ねが》ってもないチャンスと見て、積極的《せっきょくてき》に動くべきか。

「あの。もしご迷惑にならないようでしたら、実現させられませんか？　ご紹介して頂けたら嬉《うれ》しく思います」

五人全員が興味津々《きょうみしんしん》な表情であることを確認《かくにん》し、尋ねてみる。全国に出るチームとの交流、きっと慧心《けいしん》にとっても今後に向けて良い経験《けいけん》となるだろう。

「そうしたいのはやまやまなんだけどね～」

しかし、店主さんの反応はどこか申し訳なさそうな苦笑だった。

「おー？　むり？」

「いや～、ごめんごめん。最初に言っておくべきだった。師匠のチームがある場所、香川県《かがわけん》なんだよ。僕はこっちが地元だったから、のれん分けしてもらう時帰ってきた感じでさ。とにかくそんなこんなで、さすがに遠すぎて遠征を組むのも難《むずか》しいんじゃないかと思って」

なるほど、問題は物理的な距離《きょり》だったか……。確《たし》かにおいそれと足を運べる立地関係じゃなさそうだ。

余談《よだん》ながら、このお店の味は本場の讃岐《さぬき》仕込みだからこそなのかと、改めて納得してしまったり。

「香川、四国《しこく》ですか。確《たし》かに旅費もかなりいるでしょうし……」

心底残念そうに俯《うつむ》く紗季《さき》。学校がある時期だから土日しか動けないいし（ある意味間の良いことにちょうど来週祝日絡みで三連休ではあるのだけど）、ほぼほぼ本州《ほんしゅう》横断に近い距離を移動するとなると飛行機《ひこうき》でも使わない限り行き帰りだけで日程が潰《つぶ》れてしまう。しかしスピードを優先《ゆうせん》すればそれだけ移動費も高くつくわけで……。

うーん、ちょっと現実的には考えづらいか。

ただ、まあ。俺《おれ》の口から切り出せることではないにせよ。

「だいじょびだいじょび！　あたしにまかせなさい！」

三沢家《みさわけ》という桁外《けたはず》れの加護《かご》に頼ったならば、無理も道理に変わってしまう。Vサインを突き出した真帆《まほ》に対し、俺はひとまず反応を留《とど》めた。とりあえずは、子どもたちの返事を待とう。

「そう言ってくれるのは嬉《うれ》しいけど、これ以上真帆のおうちに甘えちゃうのは申し訳がないよ」

微笑《ほほえ》みで感謝《かんしゃ》を伝えつつ、智花《ともか》が静かに首を振った。愛莉《あいり》、紗季、ひたちゃんも心持ちは同じであるようだ。

うん、三沢家には大会そのものを催して頂いたり、何から何までお世話になり過ぎちゃってるからなあ。さすがにもう、お手間を持ち込むのは憚《はばか》られる。

「え～、気にしなくていいってば～」

「真帆。もし仮にお願《ねが》いするとなったら、お金を出すのは真帆のおうちでしょ。真帆のわがままで良いも悪いもないわ」

「むー。まーそりゃそうだけどさ……」

紗季に窘《たしな》められ、唇を尖《とが》らせる真帆。残念ではあるけど、部として訪問するのが難しいのだから諦《あきら》めざるを得ないか。

「中学生になってから、そのチームの六年生のメンバーさんたちと対戦できるように、がんばらないとだねっ」

「あいり、やるきまんまん。ひなも、やるきまんまん」

交渉が終了し、モチベーションは違う形で消化しようという意気込みが共有される。さて、閉店後にあまり長居しすぎても迷惑だろうし、そろそろお暇《いとま》すべきかな。

「ごちそうさまでした。お話もできて嬉《うれ》しかったです。うどん、本当に感動したのでまた食べにきます！」

「ありがとう、是非また来てね！」

お会計を済ませ、外へ。感動的な料理、不思議《ふしぎ》なご縁《えん》。いろいろ絡み合って、予想以上に印象深い昼食会になったように思う。

「試合したかったな～」

「ふふ、そうね。近くだったら、私もぜひお願《ねが》いしたかった」

「きっとまだまだ、私たちの知らない強いチームがたくさんあるんだよね……。いつか対戦できる日がくるように、今は練習をしっかり重ねていこう」

誰《だれ》からともなく横並びでアーケードの天井《てんじょう》を見上げながら、智花《ともか》たちは互いに激励《げきれい》を交わす。頼もしさを感じつつ、目標が遠いことの辛《つら》さも身に染みてわかっているので、もう少し何か力になってあげる方法がないものかと、個人的に少し悩んでしまう。

吐き出した息が、白く濁《にご》る。春はもう少し先のようだ。

つまりは、俺《おれ》がコーチでいられる時間もまだまだ残っているということ。みんなのやる気に恥じないためにも、ただのルーチンワークに甘んじないよう工夫《くふう》して時間を使わなければ。

＊

「ゲッタン、こっちだ！」

「うん！」

フリースローライン上でボールをキープしたかげつちゃんが、椿《つばき》ちゃんのサイドチェンジに呼応してパスを出すモーションに入る。

「真帆《まほ》、スイッチ！」

「ほいきた！」

すかさず、ミミちゃんをマークしていた智花が椿ちゃんの行く手を阻《はば》み、追いかけてきた真帆はミミちゃんをフリーにしないようマーク対象をチェンジ。

「と、みせかけて……雅美《まさみ》っ！」

これにてパスコースをきっちり塞《ふさ》げた——と思った矢先、アウトサイドから影《かげ》を縫《ぬ》うようにかげつちゃんの至近へと雅美さんが迫る。

「ふ、かかったわね」

ん……！　椿ちゃんの初動は布石、そしてパスモーションは元よりフェイントのつもりだったのか！　本命の矢は雅美さん、しかもアウトサイドからのロングシュートではなく、インサイドへの切り込み《ペネトレーション》。

「くっ、迂闊《うかつ》……！」

これにはさすがの紗季《さき》も翻弄《ほんろう》され、マークが緩《ゆる》んでしまう。慌てて距離《きょり》を詰めるも、時既に遅し。雅美《まさみ》さんはゴール下でレイアップのモーションを完了し、ボールを放った後だった。

シュート成功。まっすぐにネットを射貫《いぬ》いたボールが、コートの上で二度、三度と跳ねる。

それを満足げに見届けてから、雅美さんは振り返りつつ髪をさっと右手で払った。

「甘いわ、紗季。いつまでもロングシュートだけの女と思わないことね。もはや私は、理《ことわり》の彼岸《ひがん》を穿《うが》つ刃《やいば》。刻一刻と色を変える幻想万華鏡《ファンタジア・カレイドスコー》――」

「さあ一本！　取り返しましょう！」

「――ちょっとこら！　人の話は最後まで聞きなさいよ！」

掌《てのひら》をくねらせながら呪文《じゅもん》のようなものを唱える雅美さんの横を素通りして、オフェンスに気持ちを切り替える紗季。雅美さんには、あとで得点後こそ油断大敵だよと伝えておかないと。

週が明けて月曜《げつよう》の部活。恒例通り練習の締《し》めに組んだ六年生と五年生の対抗戦は、いつにも増して白熱《はくねつ》していた。特に今日《きょう》は、五年生のキレがいい。中盤《ちゅうばん》を過ぎて未《いま》だに同点のシーソーゲーム。もし、この後六年生たちがヘンにリズムを崩すと……ついに黒星がついてしまう可能性も否定できない。

「真帆《まほ》！」

「あいよっ！」

紗季も悪い流れを作りたくないという気持ちからか、チームのムードメーカーである真帆に起点を委《ゆだ》ねる。ここから再度士気を高めるのに適した、良い判断だろう。

「そりゃ、いくぜっ！」

間髪《かんはつ》を入《い》れず、真帆はドリブルからのくぐり込み《ダックイン》でゴール下まで一気に距離《きょり》を詰める。シンプルだが、ボールの流れを止めないクイックな攻めは充分な突破力を誇る。かげつちゃんにカバーディフェンスを仕掛けられてしまったものの、ブロックの体勢は完全じゃない。躱《かわ》せるか否か、五分五分《ごぶごぶ》といったところか。

「くふふ。と、みせかけてっ！　……もっかん！」

おお、上手《うま》い！　やられたらやり返すとばかりに、今度は真帆が罠《わな》をはっていた。シュートモーションはフェイントで、本命はゴールの奥でフリーになっている智花《ともか》へのパスだった。

「そーくると思ってマシタ」

「ふぁ、ミミちゃんっ!?」

このコンビネーションを五年生たちが看破していたのには、心の底から驚《おどろ》かされた。マークが外れたと思われた智花の前に、忽然《こつぜん》と飛び出してボールをインターセプトするミミちゃん。その涼しい表情からして、どうやら智花のマークは外れたのではなく、ミミちゃんが意図的に『外したと見せかけた』と捉《とら》えるのが正しそうだ。

裏をかいたつもりが、さらにその裏を捲《まく》られる展開。智花《ともか》たちの調子《ちょうし》は普段通《ふだんどお》りに感じるものの、今日《きょう》は五年生の冴《さ》えっぷりがやけに目立つ。

「カゲツ」

ターンオーバーを決めたミミちゃんは、智花から再マークを受けるや即座にボールをポストライン際に立ったかげつちゃんに託す。

年明けくらいから、五年生チームはこの形をオフェンスのとっかかりにすることが増えた。基本は変わらずに速攻重視のラン&ガンなのだが、まずはとにかくかげつちゃんにボール、そこから攻めパターンの分岐《ぶんき》を仕掛けるというのが戦術の根幹に座っているのだ。

いわばかげつちゃんがセンターでありながら、ポイントガード的指揮官の立場も担っているのだ。プロバスケでも稀《まれ》に見られるポジション、『ポイントセンター』として、チームの礎《いしずえ》を支える重任だ。

そしてこの布陣が、五年生たちのチームオフェンスを何段も飛躍《ひやく》させた。全員が高い得点力と個性を誇る一方、椿《つばき》ちゃんも柊《ひいらぎ》ちゃんも、雅美《まさみ》さんもミミちゃんもどちらかというと『自分で決めたい』タイプ。そのぶんパスにせよドライブにせよ、意外性という要素をさほど勘定に入れなくてもよかった。

その中で一歩引き気味に全体を俯瞰《ふかん》しつつ、しかし立ち位置的には最前線《さいぜんせん》——という姿勢を明確《めいかく》にしたかげつちゃんの存在。これが実に効く。

「んっ……！」

マークしているのは愛莉《あいり》なので容易に正面突破は図れないものの、ボールキープから解放された他《ほか》の四人の自由奔放《じゆうほんぽう》さはもはや暴風雨《ぼうふうう》のごとし。言わずもがな最大級の賛辞《さんじ》として、だ。

「こ」

「っ」

「ち」

「デス！」

走る、走る。とにかく走る。仕掛ける側の運動負荷も並大抵ではないが、守っている方も実にキツい。しかも絶妙な距離感《きよりかん》でディフェンスの脇《わき》をかすめていくから、何度も何度もマークする相手をスイッチすべきかシビアな選択を迫られてしまう。複雑に絡み合ったスクリーンに対応するため、迷路の中を全力疾走させられているような状況だ。

「やっほ、手っ取り早く直接もらいにきたよんっ」

パス、ドライブ、双方を警戒《けいかい》してかげつちゃんへ密着ディフェンスを敷《し》いていた愛莉の斜め後ろから、潜《もぐ》るように手を伸ばしてきたのは柊ちゃん。ゼロ距離の手渡しパスで、五年生たちはインサイドへの突破を狙《ねら》う。

「い、いけないっ……！」

そうはさせじと身をよじり、柊ちゃんを阻《はば》む愛莉だった……が、しかしこれもまた罠《わな》！

「突破口……見えました！」

愛莉《あいり》が右に重心を傾けた刹那《せつな》、かげつちゃんはその動作を受け流すように反時計回《はんとけいまわ》りのスピンムーブでゴール下へと切り込んだ。逆を突かれ、もはや愛莉にその進撃《しんげき》を止める手立ては残されていない。

「カゲツ、ないしゅーデス」

「良い感じ良い感じ！　今日《きょう》こそいけるぞ！」

レイアップを決めたかげつちゃんにハイタッチを求めるミミちゃん。殊勲《くんしょう》を譲《ゆず》ってもまったく惜しそうな顔はせず、手応《てごた》えを満面に乗せチームを鼓舞《こぶ》する柊《ひいらぎ》ちゃん。

恥ずかしながら、俺《おれ》の立てた戦術ではない。冬休みが明けた頃《ころ》には、既にこの形の片鱗《へんりん》が見えていた。

十中八九、アドバイザーは五年生チームの初代正コーチだろう。今ごろどこかでポニーテールを翻《ひるがえ》しながらほくそ笑《え》んでいるかもしれないと思うと微妙に悔しいような、改めて尊敬の念を抱くような複雑な思いが入り交じる。

とにもかくにも、六年生にとっては過去最大級に追い詰められたとさえ言える状況。これはひょっとすると、歴史が動いてしまうか……？

ただ一つ、気になる要素は残っていた。助言次第では、形勢を変えられるような気もするが。

……いや、ここはあえて無言を貫こう。

六年生のコーチとしてではなく、慧心学園《けいしんがくえん》初等部女子バスケットボール部コーチとして。部員全員に対し中立でいなくては。

＊

「はぁ……はぁ……！　う～、あと少しだったのに～！」

ミニゲーム終了の合図を聞くや、頭を抱えて悔しがる椿《つばき》ちゃん。

最終スコアは、4点差で六年生の勝利となった。逆転に至った理由はわりとシンプルで、一言で表現してしまえば五年生のスタミナ切れだ。ただでさえ運動負荷の強い戦術であるラン＆ガンに、絶えず四人で瞬時《しゅんじ》のフォーメーションチェンジを加え続けたのだから、いくら水準以上に体力強化に励んできた皆とはいえ終盤《しゅうばん》にかけて動きが鈍《にぶ》ってしまうのは必然だった。

けれども、これが悪い作戦だったかと問われれば、俺は全くそんな風に思わない。

「でも、コレならトモカたちにも通用するデス。もっとスタミナをつければ、いけマス」

「あとは、ペース配分も大事だね。序盤から仕掛けたせいで終盤に鈍らせるよりだったら、最初はもっと私が動くようにしたり、作戦を変えていってもいいかも」

俺が何か言うまでもなく、正確《せいかく》な敗因分析をするミミちゃんとかげつちゃん。さらに持続力を身につけた上で、ここ一番の踏ん張りが利くようオフェンスに緩急《かんきゅう》を付けられれば、五年生チームのバスケは一つの完成形を迎えるだろう。

「ぬふふ、これで確信《かくしん》したね。進級より早く、ボクたちの方が実力上になるって！」

「なんかもう紗季《さき》たちの手の内、底が割れちゃった感じ。正直あまり成長を感じないわ。きっと中学生が近付いて老衰が始まってるのね」

「……そんなわけないでしょ」

「マズいぞサキ。もし負けたらなに言われるかわかったもんじゃないぞ」

不敵な笑《え》みを浮かべた柊《ひいらぎ》ちゃんと雅美《まさみ》さんに対し、うんざり顔で腕組みする紗季と真帆《まほ》。事実として負けていないのだから、六年生に落ち度なんて少しもない。一時陥ったピンチに狼狽《ろうばい》せず、丁寧《ていねい》なプレーを心がけ続けた精神力。終盤《しゅうばん》までパフォーマンスを持続できるゲーム感覚。それらはみな時間をかけて培《つちか》ってきた六年生の強さそのものだし、大会後も着実に自力を伸ばしていると確信できる。

しかし、一方で俺《おれ》はどうだったのだろう。コーチとして、反省すべき点があるのではないか。今日《きょう》のゲームを見て、漠然と抱いていた迷いが尚更《なおさら》深まった。

意図せずながら、三月までの方針が安定着陸に寄りすぎてしまっていたかもしれない。決して手を抜いたつもりなんてないけれども、子どもたちの引き出しを増やしてあげるという意識《いしき》が、きっと少し足りなかった。

大会のようなわかりやすい区切りが控えていないこの時もなお。五年生のバスケも、六年生のバスケも、未来に向けて進んでいる真《ま》っ只中《ただなか》だというのに。

「――ふむ。つまり智花《ともか》たちがもうすぐ小学生じゃなくなる時期だと意識した途端《とたん》、すっかり昴《すばる》のやる気がなくなったと。正真正銘のクズだな」

自責の念が膨《ふく》らみ続ける俺の心にストンピングをかますが如《ごと》く、ひどい濡《ぬ》れ衣《ぎぬ》が横から飛んできた。

「そんなわけあるか……。人を貶《おとし》めてないでドリブル練習してろ、ミホ姉《ねえ》」

声の主は、この部の幽霊顧問《ゆうれいこもん》である俺の叔母《おば》。……いや、幽霊という表現はもうできないか。なにしろ年が明けてからは毎回、ちゃんと部活に顔を出すようになったのだから。

俺が高校バスケに復帰した後、誰《だれ》にコーチを引き受けて貰《もら》うか。そんな悩ましい問題を、まさかの立候補によりミホ姉が解決してくれたのだ。しかも、自分がちゃんとバスケを知らないで良い仕事などできぬと、実技の習得まで希望してくれたのだから、心から頭が下がる。発言は最低だけど。

ちなみに、引き継ぎ開始は俺との１ｏｎ１に勝利した瞬間《しゅんかん》から、という取り決めもなされた。絶対に負けるつもりはないけど、いろんな意味で才能の固まりとしか言いようがない相手だ。慢心せず、自分自身のバスケも日々精進しておかなければ。

「昴さんは変わらずにご指導《しどう》して下さっていますっ。そうじゃなくて、私の方が少しのんびりしすぎちゃってたのかも……」

「わたしも、もっと工夫《くふう》しなきゃっていう気持ちが、足りなくなっていた気がするよ」

「おー。ひなもそうかも」

優《やさ》しくも俺《おれ》を弁護《べんご》してくれつつ、うつむき加減に思い悩む智花《ともか》。愛莉《あいり》とひなたちゃん、そして真帆《まほ》と紗季《さき》も、むむ……と顔を見合わせている。

難《むずか》しいところではあるのだ。基礎《きそ》を疎《おろそ》かにして奇策や奇襲《きしゅう》ばかり磨いていても地力がつかない。オーソドックスな練習を重視してきたことに関しては間違っていないはず。

ただ、そこは大前提にしつつ。新しい練習方法を増やしたりして、心身の経験値を増やしてあげようとする発想も織《お》り込む必要があったのではないか。

慧心女《けいしんおんな》バスにとって、三月は着陸地点なんかじゃ断じてないのだ。五年生、六年生、どちらにとっても更なる飛翔《ひしょう》の通過ポイントにすぎないという意識《いしき》を、誰《だれ》よりも俺が持っていなくてはいけなかった。

「何か趣向《しゅこう》を変えた練習とか、考えてみようかな……」

「お、じゃあ合宿組もうぜ合宿。部費もたんまり余ってることだし」

「合宿、な～。実現できれば良い機会《きかい》になりそ…………えっ？」

考え込みながらふとこぼした独り言に、ミホ姉《ねえ》が聞き捨てならぬ反応を示していたことに遅れて気付く。

「ミホ姉。……部費、余ってるのか？」

「ん、あるぞ？　もしかしたら全国にむけて遠征だなんだ必要になるかもしれないと思ったから、去年の内にせしめといた。私の顧問力《こもんりょく》をいかんなく発揮してな。にゃははは」

いろんな意味でスレスレのロビー活動をやらかしてそうな予感がする。訊《き》くのも怖いからそこはスルーするとして。

つまり、正式に部として合宿を行うことが不可能ではないっていう趣旨《しゅし》だよな。というより他《ほか》ならぬ顧問様自身がたいそう行きたそうだし。

「たとえば、さ。香川県《かがわけん》とかでも行ける？」

「香川？　なんで？　うどん？」

怪訝《けげん》そうに眉《まゆ》をひそめるミホ姉。まあ、いきなり提案されたらその反応も妥当だよな。

いっぽうで、六年生たちの表情はみるみるうちに希望の色で溢《あふ》れてきた。

「あのねみーたん、うどんにね、すごいチームがあって香川屋さんで聞いたんだよ～！　この前！」

「逆でしょ逆。香川県に、有力な小学生のチームが……です。この前うどん屋さんで教えて頂きまして。こちらから伺《うかが》う形であれば、もしかしたら許可して頂けるかもしれません」

ここぞとミホ姉《ねえ》の腕に真帆が飛びつき、紗季も補足。さて、ミホ姉の反応はいかに。さすがに遠すぎと一蹴《いっしゅう》されてもやむなしではあるが。

「うどんって、やっぱり本場はひと味違うのか？」

そこかよ。いや、まあ気持ちはわからないでもないけど。

「わたしも香川《かがわ》には行ったことないですけど、お弟子さんのお店のうどんは本当においしかったです、えへへ」

「いろんなお店を食べ比べてみて、どう違うのか知るのも面白《おもしろ》そうだよね」

頷《うなず》く愛莉《あいり》に被《かぶ》せて、俺《おれ》も香川の魅力《みりょく》をアピール。本題はバスケなんだけどここは別角度からも揺さぶってみよう。

「ふむ……」

ミホ姉《ねえ》が顎《あご》の下に手を添え、天井《てんじょう》を見上げる。よし、あからさまに気になってる感じだ。

「六年生たちはみんな行きたいんだよな？　五年生はどうだ～？」

確認《かくにん》するように、十人全員の顔を見渡すミホ姉。そうだな、年下組の反応もちゃんと確《たし》かめておかなければ。

「ワタシはらーめんの方が好きデス」

「ウチは宗教上の理由で麺類《めんるい》と袂《たもと》を分かったから興味《きょうみ》ないわね。日本人《にほんじん》なら米よ」

残念なことに、ミミちゃんと雅美《まさみ》さんからの反応は今ひとつよろしくない。うどん、美味《おい》しいんだけどなあ……。

「ミミ、雅美、わかってないよ……」

「まったくだ。わかっとらん」

「わかってないわ。粉と米、両方受け止めてこその飲食業じゃないの」

「わかってほしいな、うどんの魅力……」

「ぶー。わかった方が、しあわせ」

……って、趣旨《しゅし》がうどんに寄りすぎてしまった感も否めないが。

智花《ともか》たちも、五人が五人非常に残念そうだ。

「ていうかさ、みーたん。行くとしたらいつなの？」

「んー。ちょっと急だけど、予定組みやすいのは今週末の三連休だろうな～。香川に行くとしたら相手のチームさん次第になるけど」

「やっぱか～。週末はボクたち、葵《あおい》さんと秘密の特訓会しなきゃだからな～」

「つば！　それ秘密だから言っちゃダメだよ！」

「おっとしまった！」

ミホ姉に尋ねた椿《つばき》ちゃんが、うっかり口を滑らせて柊《ひいらぎ》ちゃんに窘《たしな》められる。うむ、やっぱり黒幕は葵だったか。うすうすそうだろうと六年生のみんなも気付いていたようで、意外そうな顔を見せた子は一人《ひとり》も居なかったけど。

「姉様《ねえさま》と合宿旅行もしたいけど、今日《きょう》の手応《てごた》えを忘れないうちにもういちど相談《そうだん》しておきたいかな……」

「ウィ。アオイもきっと楽しみにしていマス」

かげつちゃんとミミちゃんも決めきれない様子《ようす》。迷いを携えたまま、五年生たちは自然と小さな輪《わ》をつくって会議《かいぎ》を始める。

「どーしよっか。ほんとにすごいチームなら、ボクたちも混ざれば強くなれるかな」

「でもマホのゆーことあんま信用してもなー」

「私は、一度にいろんなことを覚えようとしてもかえって混乱しちゃう気もするな……」

「カゲツに賛成《さんせい》デス。まずは今のシステムを完成させたほうがいいと思いマス」

「それに、強くなったと思って帰ってきた紗季《さき》たちに完勝したら、もっと屈辱を味わわせられるわね。あは、そっちの方が楽しいかも」

椿《つばき》ちゃん、柊《ひいらぎ》ちゃん、かげつちゃん、ミミちゃん、雅美《まさみ》さんの意見が揃《そろ》う度《たび》、五年生たちの表情が統一されていく。そして一度大きく頷《うなず》きをシンクロさせ、代表して椿ちゃんと柊ちゃんが六年生の至近まで歩み出た。

「決めた。ボクたちは行かない」

「行かないけど、マホたちは行ってきていいよ。ほんで来週また、どっちがたくさん強くなったか勝負だ！」

力強い宣戦布告。その思惑を耳にして、六年生たちも無理には引き留めないことを決めたようだ。

「うん、わかったよ。みんなにがっかりされないよう、私たちもたくさん勉強してくる」

「くふふ。衰えてるなんて、もうぜったい言わせないぜ！」

智花《ともか》が澄《す》んだ笑顔《えがお》で頷き、真帆《まほ》はぐっと拳《こぶし》を握ってさらなる成長を誓う。

うむ。互いの信念でなされた選択なのだから、俺《おれ》からこれ以上口を挟む必要はないだろう。

それにしても、五年生たちのモチベーションには良い意味で驚《おどろ》かされるな。旅行よりも、地道な特訓の方を進んで選択できる小学生なんて、そうそういないのではと感心しきりだ。

とはいえもちろん、六年生たちもまだ見ぬ出会いに対し既に気合い充分。週末まで時間もあまりないことだし、なるべく早くうどん屋さんに相談してみなければ。

「えへへ。いけるといいね、合宿」

「おー。つよいひとたちと試合して、もっとつよくなる」

「どんなチームなのかしらね。まだ気が早いけど、なんだかわくわくしてきたわ」

愛莉《あいり》、ひなたちゃん、紗季の凛《りん》とした瞳《ひとみ》を見て、俺も邂逅《かいこう》の機会《きかい》が得られることを切望する。

それに、勉強しなければならないのは自分自身も同じ。コーチとしてもプレーヤーとしても、外の世界を見てもっとバスケの枠を広げていかなければ。

寒さが染み入る体育館《たいいくかん》で密《ひそ》やかに拳を握ると、肩甲骨の辺りに小さな武者《むしゃぶる》震いが走った。

―交換日記（SNS）02―◆Log Date 2/7◆

『よかったね！　合宿、受けて下さったって！
湊《みなと》　智花《ともか》』

『急な話だったのに本当にありがたいことだわ。泊まるところまで用意して頂けるなんて……。真帆《まほ》、失礼のないようちゃんと礼儀《れいぎ》正《ただ》しくするのよ。

紗季《さき》』

『なんであたしだけゴシメーなんだよ！　おしとやかキングまほまほなめんなよ！

まほまほ』

『女子でキングっておかしいし、おしとやかな人は「なめんなよ」とか言わないから。

紗季』

『あはは……。でも本当に楽しみだね。八栗《やくり》ドレッドノータス。どんなチームさんなんだろう。
湊　智花』

『おはなしするのも、練習するのも、しあいするのも、とってもたのしみ。あとあと、うどんもたのしみ。

ひなた』

『コーチさんが、うどん職人《しょくにん》さんなんだよね。すずらん通《どお》りのお店の方の師匠さん……。　あいり』

『想像がつかないわよね。あれ以上のうどんなんてあるとは思えないのだけど、やっぱり違うものかしら。　紗季』

『こらこら、うどんたべにいくんじゃなくてバスケしにいくんだぞ！　まほまほ』

『あら、真帆はうどん頂かないのね。すごいわ、尊敬しちゃう。　紗季』

『ちょ、たべるにきまってるってば！　はらがへってはいくさはできぬ！　まほまほ』

『チームの人たちとお食事したり、仲良くなったりしながら、いっぱいバスケの勉強もさせてもらおうっ。　湊　智花』

『そうだねっ。がんばろうっ！　ところでわたし、飛行機《ひこうき》がはじめてで。それがちょっと不安かも……。　あいり』

RO-KYU-BU!

scene.2

【名前】香椎愛莉
(かしいあいり)

【生年月日】4/5

【血液型】A

【身長】SECRET

【クラス】6年C組

【所属係】掲示係

【理想のバレンタイン・デート♥】
き、緊張しちゃうと思うから、
少しでものんびりできる
感じが良いかな……。
なるべく二人きりで、
周りに誰もいない
ところで……手を
繋いで……。は、はうっ、
恥ずかしくなってきちゃった……。

「わーい。くうこう、とうちゃーく」

電車に揺られること数十分。地下のホームから改札をくぐると、三連休初日だけあって羽田《はねだ》空港《くうこう》は早朝から大勢の人で賑《にぎ》わっていた。

「ひなたちゃんは、飛行機《ひこうき》初めてじゃないんだっけ？」

「おー。二回目。とってもおもしろいよ？」

背丈の半分もあるカートを大事そうに両手で引っ張りながら、ひなたちゃんは可愛《かわい》らしいつば広の帽子の下で笑顔《えがお》を弾《はじ》けさせる。

「私も二回目です。トモと愛莉《あいり》は初めてだそうです」

白いピーコートのボタンを開きながら（空港内は暖房と人の熱気《ねっき》でちょっと暑いくらいだった）、そう教えてくれたのは紗季《さき》。なるほど、じゃあ初体験《はったいけん》なのは全部で三人か。

「俺《おれ》も初めてなんだ。正直、ちょっと緊張《きんちょう》してる」

冗談《じょうだん》めかして言うと、みんなが顔をほころばせてくれた。実は朝から子どもたちの中で愛莉の表情がずいぶんと硬めだったので、共感によって気が楽になってくれれば、なんて想《おも》いも多少あったり。……八割以上は紛《まが》う方《かた》なき本音だけど。

「おっ、すばるんも初めてなのか～。そんじゃ、ボディチェック！」

「わ、ちょ……真帆《まほ》!?」

なんてことを考えていたさなか、後ろからズボンの両ポケットに細腕が元気よく滑り込んできた。不意打ちに、身体《からだ》がびくりと強張《こわば》る。

「キンゾクとか、持ったままだと機械《きかい》に『ビー！』って怒られちゃうんだぞ～。どれどれ、なんかイケナイものはないかな？」

脅すような声色と共に、両手の指をわきわきと動かして左右の前ポケット内をまさぐる真帆。だ、ダメだ。そんなに内ももを上下に刺激《しげき》されたら、くすぐったいやらで……。

「む、カタい！　いかんぞすばるんくん！　こんなに立派なキン――」

「……!?」

隣《となり》を歩いていたおじさんが真帆の声に振り返り、すごい形相《ぎょうそう》で俺の顔を睨《にら》む。なんだかわからないけど誤解が発生してしまったような……。なんだかわからないけど。

「ま、真帆、それは取り外し不可だよ！」

「あはは、そっか。まあキンニクはキンゾクじゃないからきっとだいじょび。よし、すばるん合格！」

ようやく許しを得て、真帆の手がポケットから出ていく。ふう。なんとか無事解放してもらうことができた。

「ミホ姉《ねえ》、その握《にぎ》り拳《こぶし》しまえよ。なんで殴ろうとしてるんだ」

「にゃはは、危険物持ち込み犯がいるのかと思った」

誰がそんな大それた真似するか。もっと自分の甥を信用してくれ。

と、妙なピンチも招きつつ。いつもと相変わらずの賑《にぎ》やかさに包まれながら、部員五名、引率二名。合計七名でエスカレーターを昇り出発ロビーを目指す。

ゲート前はさらなる混雑模様。都心からそこまで離《はな》れていない街に住んでいるとはいえ、これだけの広いスペースが人で満たされている場所にはそうそう出くわさないので、なんだか圧倒されてしまう。

「チケットは真帆《まほ》が預かってくれてるんだよね？」

機内《きない》持ち込み用ポシェットの中身を確認《かくにん》してから、何気なく尋ねる智花《ともか》。すると、真帆は二つ結びの髪を波立たせんばかりにギクリと肩を揺らした。ま、まさか。

「どうしよう！　忘れてきた！」

「ええっ⁉　本当に⁉」

「うっそぴょ～ん」

「……怒るわよ。そういうシャレにならない冗談《じょうだん》は」

うんざり顔で紗季《さき》が腕を組み、真帆に冷たい視線《しせん》を投げかける。他《ほか》のみんなは苦笑顔だったけど、誰もが内心肝を冷やしたのは確《たし》かめるまでもなさそうだった。

なお、飛行機代は真帆のお父《とう》さんの株主優待《ゆうたい》で、通常よりだいぶ安く確保して頂いてしまった。ご迷惑を掛けるわけには……と一度遠慮《えんりょ》したんだけど、どうやらそれで風雅《ふうが》さんに何か損失があるわけではないというお話だったので、ならばとご恩に預かることになった次第だ。

「あいよ。七枚。あ、それでねー。六枚は三列、三列で並んだとこ取れたんだけど、一枚だけ離れた席になっちゃったんだって」

真帆がスカートの中から封筒を抜き出し（絶対に置き忘れないためだろう。スカートの中のどこにどうやって収納していたのかはあえて考えないことにしよう。あえて）、ちょっと申し訳なさそうにお札大の紙を扇状に広げる。この混み様だし全員が固まれなかったのは致し方ないところだよな。むしろこれだけ急遽《きゅうきょ》の予定だったのに席を確保できてラッキーだったと考えるべきだろう。

さて、となると席順だが。子どもたちの誰かを孤立させるというのは選択肢としてありえない。やはり年長者のうちどちらかが——

「昴《すばる》、心細くても泣くんじゃないぞ」

「泣かんわ」

しみじみと肩を叩《たた》いてきたミホ姉《ねえ》の右手を静かに払いのける。というか相談《そうだん》一切無しで俺確定なのかよ。別にいいっちゃいいんだけどさ……。

「ちなみに、離れた一枚だけなんちゃらシートっていうちょっと良い席だって」

「昴、ひとりぼっちは寂しいもんな。かわいそうだから私が孤独を引き受けてやろう」

さすがミホ姉、清々《すがすが》しいまでに欲望がだだ漏れだ。まあ、俺としても一人席《ひとりせき》の方が良いなんてことはないからあえて何も言うまい。

「美星《みほし》先生、いいんですか？」

「かまわんよ～。どうせ寝てると思うし」

　慮《おもんぱか》る愛莉《あいり》に、あっけらかんと首肯するミホ姉《ねえ》。あとは六人の配置をどうするかだな。

「よっしゃ、じゃあみーたんはこれで……残りはくじ引きタ～イム！」

　予《あらかじ》め離《はな》れた席のぶんと思《おぼ》しき一枚を抜き、真帆《まほ》が六枚のチケットをシャッフルしてから裏返しに差し出した。それが公平だろうし、みんな異論《いろん》は挟まず自分の座り位置を選ぶ。

「俺《おれ》は、28のBだね」

「私は28のAでしたっ。……す、昴《すばる》さんのお隣《となり》みたいです」

「わたしは28のC……え、えへへ。はじめて同士が並んじゃいましたね」

「おー。ひなは29のA」

「ほんで、あたしが29のBで……」

「私が29のC、と。真帆の隣だとうるさそうだけど、まあしかたないわ」

　どうやら、前列に飛行機初体験組《ひこうきはったいけんぐみ》、後列に経験組という感じで分かれたようだ。智花《ともか》と愛莉が心細くないか少し心配だけど、嫌《いや》だという声もなさそうなのでこの結果を尊重しよう。

「あとは大きい鞄《かばん》を預けて、いよいよ出発ですね」

「わくわく。おそら飛ぶの、とってもたのしみ」

紗季《さき》が指さした手荷物預かり所の方へ向き直りながら、両手を翼《つばさ》のように広げるひなたちゃん。まだ見ぬ空と未踏の島。俺もますます気分が高揚してきた。

いざ、向かうは香川県《かがわけん》。実りある素敵《すてき》な出会いが待ち受けていますように。

「はう、ますます胸がどきどきしてきた」

その前に、隣席者《りんせきしゃ》として愛莉の気持ちを軽くしてあげられるよう、移動中はヘンにびくついた態度を見せないようにがんばらなければ。ちょっとぐらい揺れても、平静を装い続けよう。

誓いを立てながら俺はジャケットのポケットに手を入れ、母《かあ》さんが持たせてくれた交通安全のお守りをそっと握りしめた。

＊

『高松空港《たまつくうこう》へご出発のお客様、ご登場準備が整《ととの》いましたのでこちらのゲートへお越しくださいますようお願《ねが》いします——』

噂《うわさ》に聞いた手荷物検査所は皆一発でつつがなく突破し、ターミナル前の椅子《いす》でしばし待機していると、駅の改札機に似た装置の内側で女性がアナウンスを繰《く》り返し始めた。

「すばるん、行列になるからまだ立たなくても平気だよん」

「ん、そっか。了解」

慌てて手提《てさ》げ鞄《かばん》を握りしめた俺《おれ》に、真帆《まほ》がやさしくレクチャーしてくれた。なるほど、見ればゲート前は既に長蛇の列。乗客の数は決まっているのだから、加わるのはもう少し搭乗が進んだ後でも平気そうだ。

「真帆はたくさん飛行機《ひこうき》乗ったことあるんだよね。海外とかにもいったの？」

「行ったよ〜。何喋《しゃべ》ってるかわからないからあんま好きじゃないけど」

興味深《きょうみぶか》げに尋ねる智花《ともか》に、真帆は舌をぺろりとだしてかぶりを振る。

「ふふ、中学生になったら英語《えいご》の授業もはじまるわよ」

「めんどっちいなあ……。あ、でも海外行くときの飛行機ってすごいんだよ。椅子《いす》って言うか、部屋《へや》？　テレビがあって、アニメ見放題で、お菓子も食べ放題！」

それはいわゆる、ファーストクラスとかビジネスクラスというやつでは……。死ぬまでに一度くらいはどんな空間なのか見てみたいけれど、今日《きょう》が初フライトの高校生にはだいぶ縁遠《えんどお》い世界だ。

「そろそろ、並ぶ？」

早く機内に入りたいのか、ひなたちゃんが帽子をかぶり直しながら行列と俺たちを交互に見る。うん、だいぶ待ち人数も少なくなっているし、いい頃合《ころあい》だろうな。

「にゃはは、では出発！　みんなまたあとでな！」

見よう見まねでチケットに印刷されたバーコードを機械に照らし、タラップを抜けてジェット機の中へ。前方席のミホ姉《ねえ》に手を振りつつ、六人で細い通路を奥へ奥へと進んでいく。

「ここか。座席は新幹線《しんかんせん》と似た感じなんだね」

番号を見つけ、それぞれのシートへ着席。電車と違うのは、各シートにベルトが備え付けられていることだろうか。忘れないうちにきちんと締《し》めておこう。

「こ、こんなに広くて、人がいっぱい乗っているものが本当に飛ぶのでしょうか……」

内股《うちまた》になりながら、通路側の席で愛莉《あいり》がそわそわと周りを見回した。既に緊張感《きんちょうかん》はピークみたいで、うなじの辺りにじんわり汗が滲《にじ》んでしまっている。なんとか気を楽にしてあげられないものか。

「大丈夫大丈夫。車で事故に巻き込まれる確率《かくりつ》より、飛行機事故に遭う可能性の方がうーんと低いみたいだし、さ」

努めて平静を装い。聞きかじりの知識《ちしき》を披露《ひろう》。いや、断じて不安になって情報をかき集めたわけではないぞ。断じて。

「は、はい……」

『まもなく離陸《りりく》いたします。シートベルトをもう一度確認して――』

祈るように愛莉が胸前でギュッと両手を握ったのとほぼ同時、キャビンアテンダントさんから出発のアナウンスが。ついに、雲の上の世界へ飛び込むときが来たようだ。

「あ、愛莉っ。がんばろうね!」

智花《ともか》も多少緊張《きんちょう》している模様で、窓際ながらあまり外の方へ目を向けようとしない。ん、よくよく考えたら慣《な》れないうちは窓際が一番怖いよな。代わってあげた方がよかったかも。

しかし後悔先に立たず。シートベルト着用サインが消えるまではここでじっとしていなければならない。

幽《かす》かな推進力が身体《からだ》に伝わる。タラップを離《はな》れ、まずはバックで機体《きたい》が動き出した。それから方向転換し、ゆっくりとした速度で滑走路に向け前進が始まる。

「ま、まだ、飛ばないんですね」

「うん……。てっきりすぐ離陸《りりく》かと思ったら」

戸惑い気味の智花に同調《どうちょう》して頷《うなず》く。さあ来るなら来い、と覚悟を決めてからが意外にもけっこう長かった。たぶん、ターミナルを離れて既に十分くらい経《た》っているのではないだろうか。どうせ逃げられないんだし、いっそひと思いにやってくれた方が気は楽なんだけどな……。何となく生殺し感を抱いて内心そわそわしてしまう。

そんな不満を募らせていた矢先、ポーンという無機質《むきしつ》なブザーが響《ひび》いて、ジェットエンジンが殊更《ことさら》大きな音を上げ唸《うな》り始めた。

「ひっ……」

近くに雷鳴を聞いたように、背中を丸める愛莉《あいり》。これはいよいよ、来るな……。はじめてでも、否応《いやおう》なしに運命の時が迫っていると気付かされる。

機体が急加速し、自動車なんかよりずっと強い重力が背中をシートに押し付ける。やがて、足許《あしもと》がせり上がってくるかのような感覚に包まれ、腰が斜め後ろに沈んでいった。

飛んだ、らしい。

「あ、あれ……？　もう、浮いてますか？」

「うん、間違いなく」

外を確《たし》かめるのが怖いのか、真っ正面に首を固定したままの愛莉に『勝利』を報告した。

なんだ、思ったよりぜんぜん大したことないじゃないか。もっと絶叫マシーンみたいな乗り味なのかと勘違いしていたけど、この程度ならばまったく恐るるに足らずだ。離陸早々《りりくそうそう》、俺も智花も平気で窓下の紺碧《こんぺき》の海を楽しむ余裕さえ手に入れている。

これならば、世界を股《また》にかける日もそう遠くないかもしれないな。

『皆様、現在気流の悪いところを通過中のため、機体に揺れが生じておりますが、運航にはまったく影響《えいきょう》がないのでご安心下さいませ。なお、安全のためシートベルトをしっかりとご着用下さい』

甘かった。全くもって甘かった。

神様が居るなら、誰《だれ》かここに呼んで欲しい。土下座でもなんでもするから、ちょっと前の慢心を謝《あやま》らせて欲しい。だから、この揺れなんとかして下さい助けて下さい。

「きゃー。おちるー」

「何らかのスタンド攻撃《こうげき》を受けているなこれは！」

「だ、大丈夫大丈夫。よくあることよ、よくあること……」

後席の経験者組《けいけんしゃぐみ》でさえざわざわし始めるほどの揺れである（ひなたちゃんと真帆《まほ》は単に楽しんでいるだけという気がしないでもないが。さすがだ……）。特にこの、スッと高度が急降下するような感覚……身体中《からだじゅう》から冷や汗が溢《あふ》れ出て止まらない。

「……………………」

智花《ともか》はひたすらに目を瞑《つむ》り無言。しかしその面持《おもも》ちは余裕綽々《よゆうしゃくしゃく》といった感じとはほど遠く、端的に表現するなら……どことなくお父《とう》さん、湊忍《みなとしのぶ》さんぽい。

「あわ、あわあわわわわわ」

そして、最も深刻そうなのはやっぱり愛莉《あいり》だった。決壊寸前のダムのように瞳《ひとみ》は涙で満ち、もともと白い肌からさらに血の気が引いていつ気を失ってしまってもおかしくないといった様相だ。

これは、ちょっと声をかけてあげた方が良さそうだな。自分自身がびくついている場合じゃない。怖いけど。

「愛莉、大丈夫？」

「は、長谷川《はせがわ》さん……あの……」

「うん？」

「来世で、会いましょう」

「現世で会おう、これからも」

まるで死を受け入れたような笑顔《えがお》から逆に心配を増幅させられる。このままだと衰弱しきって、到着してもバスケなんてできない状態になりかねない。

「愛莉、もしよかったらなんだけど。手、つなぐ？　なんの足しにもならないかもしれないけど、少しでも心細さが薄《うす》れればいいなって」

「長谷川さん……。ぜひ、お願《ねが》いしますっ。も、もう不安でヘンになっちゃいそうで……」

勇気を出して提案してみると、愛莉は二つ返事で首を縦《たて》に振ってくれた。よかった、そんなの意味ないって言われる可能性も覚悟していたんだけれど。

「え、えへへ……」

僭越《せんえつ》ながら右手を差し出すと、割れ物を守るように愛莉は両手で優《やさ》しく俺の指先を包み込んだ。表情にも僅《わず》かに笑顔が混ざり、幾分だが落ち着きを取り戻してくれたようだ。

助けになれてなによりだ。揺れも収まってきた感じだし、どうかこのまま安定飛行に入ってくれれば……。

――どんっ。

なんて油断を狙《ねら》い澄《す》ますかのように、再び機体《きたい》は大きな上下運動を繰《く》り返し始めた。

「ひいっ⁉」

たまらず、俺《おれ》の腕にしがみつく愛莉《あいり》。う、肘辺りに胸が押し付けられて、吸い込まれるような密着感が……。しかし、一度寄り添って助けになると約束した身。小さな問題に心を惑わされている場合ではない。いや、小さくはないが。むしろ非常に大きいのだが。

「こ、怖いよう〜っ……！」

ガタガタと小刻みな揺れが加わるのにシンクロして、愛莉の胸から感じる圧力が弱まったり強まったり。強制的に、俺の意識《いしき》を吸引し続ける。考えるなと思えば思うほど、罪悪感が心を蝕《むしば》んで止《や》まない。

「あ、あの……昴《すばる》さんっ……」

進退窮《きわ》まっていたところに、消え入るような声で名を呼ばれてはっと窓側に顔を向ける。見れば智花《ともか》もまた顔面蒼白《がんめんそうはく》で、我慢の限界に達しているようだった。

「だ、大丈夫？」

「だ、だめかもしれないです……。ほ、本当におこがましいのですが、ご迷惑でなければ、私も……その……」

ふらふらと、両手を伸ばす智花。もちろんおやすい御用だ。それで気が楽になるのなら、いくらでも寄り添わせて頂く所存。

「了解。これでいい……かな？」

「あ、ありがとうございますっ！」

愛莉《あいり》に半身を預けたまま今度は左手を差し出すと、智花《ともか》は腕全体に抱きつくようにして前屈《まえかが》みになった。ま、また密着度が……っていや、だからそんなことを考える場面ではない。これはただ、緊張《きんちょう》を解きほぐしてあげるための処方。気にする方が邪《よこしま》なのだ。

「ふぁ、ふぁううう……」

「………ん」

石像になったつもりで視線《しせん》を前の座席の背もたれに固定する俺《おれ》だったが、左手首に更なる熱《ねっ》感《かん》が伝わって来て心臓《しんぞう》が大きく脈打つ。どうやら、智花は怖さのあまりか内ももの間で俺の掌《てのひら》をホールドしてしまっているらしい。それも、だいぶ膝《ひざ》から遠い位置で。スカートの中の、生足の付け根付近で。

こ、これは胸と同等、もしかするとそれ以上によろしくないポジションなのではないか。確《たし》かめた方が……いやしかし、これだけ必死な智花に対しフォームの矯正《きょうせい》を強《し》いるのもかわいそうという気も。

「はぁ……はぁ……は、長谷川《はせがわ》さあんっ……」

「昴《すばる》さん……昴さんっ……」

激《はげ》しい上下運動。右手に胸、左手に内もも。抜くべきか、抜かざるべきか。

こうして初体験《はったいけん》は、予想を遙《はる》かに超える鮮烈《せんれつ》な記憶《きおく》となって、俺の脳裏に色濃《いろこ》く焼き付いたのだった。

＊

「いや～揺れたね～」

「おー。たのしかった」

「ま、まああれくらいは想定の範囲内《はんいない》よ。ふふ、ふふふ……」

その後、着陸態勢に入ってからはだいぶ気流も落ち着いて、俺たちはなんとか無事高松空港《たかまつくうこう》に降り立つことができた。

それにしても、真帆《まほ》もひなたちゃんも紗季《さき》も元気いっぱいでさすがだな。前列の三人はだいぶ体力と精神力を消耗してしまったのか、どこか笑顔《えがお》に力がこもらない。

しかしこうして自分の足で大地を踏みしめることができてからはだいぶ気も楽になった。愛莉、智花とも極度に体調《たいちょう》を崩したということはないようなので、少しずつ活力も戻ってくるだろう。天気の方も、雨の心配はなさそうでなにより。

「あれ、揺れてた？　にゃはは、寝ててぜんぜん気付かなかった」

ベルトコンベアの前で荷物が流れてくるのを待っていると、ミホ姉《ねえ》が髪の毛を豪快に掻《か》きむしりながら高笑いを響《ひび》かせた。まったく、剛胆《ごうたん》というか鈍《にぶ》いというか。それはそれとして、まだ全然寝ぐせ取れてないぞ。向こうのコーチさんが迎えに来て下さっている手はずなんだからちゃんと身だしなみを整《ととの》えておいてくれ。

「あっ、昴《すばる》さん。私たちの荷物です」

「やっと出てきたね、よし、順番に上げちゃおう」

「わたしもお手伝《てつだ》いしますっ」

智花《ともか》の声に溜息《ためいき》を途中で止め、ベルトコンベアに近付く。すぐに愛莉《あいり》、そして他《ほか》の四人も手を伸ばしてくれて、荷物の回収は一瞬《いっしゅん》で終了。みんなほとんど普段《ふだん》の様子《ようす》と変わらないところまで回復したみたいなのでほっとした。

「ええと、待ち合わせ場所はどこかな……？」

「おにーちゃん。あの人かも？」

到着ロビーに出て、周りを一瞥《いちべつ》。ひなたちゃんに言われて首を逆に向けると、一人《ひとり》の男性が『慧心学園《けいしんがくえん》初等部女子ミニバスケットボール部ご一行様』と丁寧《ていねい》な手書き文字が記された画用紙を持ち立って下さっていた。うん、間違いない。

「初めまして、慧心——」

「慧心学園ミニバス部の顧問《こもん》、篁《たかむらみ》 美星《ほし》と申します。この度《たび》は急なお願《ねが》いにも拘《かか》わらずご快諾《かいだく》頂き、本当に嬉《うれ》しく思っています。わざわざお出迎えまでさせてしまいまして、本当に申し訳ありません」

皆で歩を進め、ご挨拶《あいさつ》を……と思ったのだがミホ姉《ねえ》に遮《さえぎ》られてしまった。まあ確《たし》かに、まずは顧問として挨拶しておかないと失礼になるもんな。去年まで幽霊《ゆうれい》に近かったからうっかり印象操作《そうさ》するところだった。

それにしても、こういう要所要所だとそつなく振《ふ》る舞《ま》えるのか……。寝癖《ねぐせ》も直ってるし。

「はじめまして、八《や》栗《くり》ドレッドノータスの監督《かんとく》を務めております、東川進《ひがしかわすすむ》と申します。こちらこそ、この度は遠方から呼び付けるような形になってしまいすみません。でも、嬉しいですよ。弟子から、慧心さんのお話を聴《き》いてずっと興味《きょうみ》がありましたので。短い期間ではありますが、お互い切磋《せっさ》琢磨《たくま》して技術を交換し合えれば何よりだと思います」

快活に笑い、右手を差し出して下さる監督さん。ミホ姉が握手を交わした後、俺の方をチラリと見たので続けて自己紹介をさせて頂く。

「コーチの長谷川《はせがわ》昴です。若造ですが、子どもたちと一緒《いっしょ》に勉強させて下さい！」

頭を下げて手を伸ばすと、とても力強い握手で応じて下さった。お年のほどは、四十歳から五十歳くらいの方だろうか。ピンと伸びた背筋や、服の上からでもわかる筋肉質な上半身はバイタリティに溢《あふ》れていて、短く刈った髪が白髪《しらが》交じりであることを度外視すれば三十代とお見立てしていたかもしれない。

「噂《うわさ》に聞いていた通り、とても若いコーチさんなんだね。まあまあそう硬くならず、香川《かがわ》を楽しんでいっておくれよ」

どうやら『芯力《しんぢから》』の店長さんが、俺《おれ》のことも伝えておいてくれたらしい。おかげで怪訝《けげん》そうな顔など少しもされることなく、優《やさ》しくぽん、と肩を叩《たた》いてもらえた。

歓迎して頂けて、本当にありがたい。これは良い合宿になりそうだなという予感が、漠然と頭の中で膨《ふく》らむ。

「はじめまして、湊智花《みなとともか》ですっ」

「三沢真帆《みさわまほ》でーす！」

「永塚紗季《ながつかさき》です。この度《たび》はよろしくお願《ねが》いします」

「香椎愛莉《かしいあいり》です。がんばりますっ」

「袴田《はかまだ》ひなただよ。いっぱい練習します」

子どもたちもご挨拶《あいさつ》を済ませ、監督《かんとく》さんとの対面はひとまず完了。

「みんな、よろしくね。じゃあ、さっそく車で移動しようか。練習は午後からの予定だから、途中でごはんでも食べていこう」

「おおっ、さっそくうどん食べられるっ？」

「こら！　厚かましいでしょ！」

ごはん、と聞いて目を輝《かがや》かせる真帆。恥ずかしがって窘《たしな》める紗季だったけど、まあ香川《かがわ》に来たからにはうどん、という気持ちが強いのは全員同じだろうと俺も内心で微苦笑。

「いやいや。そう言ってくれるのはうれしいよ。ウチもうどん屋だしね。よし、反対意見がなければ近くの有名なお店に案内するよ」

「えへへ。うれしいですっ」

「バスケもですが、正直に言うとうどんも楽しみにしてきました！」

「おー。ひなたちみんな、うどんだいすき」

愛莉も智花もひなたちゃんも、監督さんの声に喜びを露《あら》わにした。さっそく本場の味に触れられるとあって、俺自身すごく嬉《うれ》しい。

「……まーたうどん。いつもそればっかり」

「香川と言えばうどん、うどん。他《ほか》に言うことないのってカンジ」

「えっ？」

計らいにお礼の声を重ねようとしたその直前、監督さんの後ろで壁《かべ》に寄りかかっていた二人《ふたり》組《ぐみ》の少女が、吐き捨てるように不満を漏らした。……居合わせた地元の人を怒らせてしまったのだろうか。

「こら、お客さんに失礼だろう」

「ウチら、来てくれなんて頼んでないし～」

「せっかく三連休だったのに予定入れられて大迷惑ッス」

しかし、監督さんが嘆くように注意を向けたことで、どうやらその二人は『偶然そこにいた』わけではないと知る。

　じゃあ、もしかすると。

「伝えるのが遅れて申し訳ないね……。この二人《ふたり》はドレッドノータスのメンバーなんだ。ほら、自己紹介しなさい」

「…………」

「…………」

「早く！」

「……うっさいなもう。東川灯《ひがしかわあかり》。六年」

「松島佑奈《まつしまゆうな》。六年」

　予感は充分だったが、いざ事実となると改めて驚《おどろ》きを隠せなかった。

とても、小学生には見えなかったのだ。まず、背が高い。といっても愛莉《あいり》には負けるのだが、二人とも均等に長軀《ちょうく》の持ち主だ。たぶん、どちらも硯谷《すずりだに》の都大路《みやこおおじ》綾《あや》さんくらいだろう。

　そして何より小学生離《ばな》れして見えるのは、双方の面持《おもも》ち。きっちり整《ととの》った眉《まゆ》に、際立つアイライン。濡《ぬ》れた薄《うす》ピンク色の唇。顔つきそのものも端正なのだが、加えてうっすらとメイクをしているのではないか。あどけなさなど微塵《みじん》も感じさせず、都心の高校生だと紹介されればそのまま信じてしまうこと請《う》け合《あ》いだった。

　ついでに服装も『少女』より『女性』を強く感じるものだった。知識《ちしき》がないので上手《うま》く言葉では言い表せないのだけど、耳飾り（ピアスということはさすがにないと思うので、俺《おれ》の語彙《ごい》だと他《ほか》の単語で言い表せない）や指輪《ゆびわ》などの装飾も相まって、ファッション雑誌にそのまま出てきそうな煌《きら》びやかさだ。

ところで、二人のうち長めの髪をゆったりと後ろで結んでいる方の子、東川……と名乗っていたな。ということは、監督《かんとく》の。

「みんな、申し訳ない……。灯は私の娘なんだが、どうにも性格がねじ曲がってしまっていてなあ」

「くくく。灯、言われてるよ」

「どーでもいーし。クソオヤジに褒《ほ》められたって嬉《うれ》しくないし」

松島さんが自らの波がかったミドルヘアを撫《な》でながら挑発しても、我関せずといった雰囲気であくびを漏らす東川さん。その仕草《しぐさ》も、なんとなく小学生ぽくない。あまり良い表現ではないよなと迷いつつ、大人《おとな》びているというよりはどこか『スレている』感じだ。

「あ、あのっ。お忙しいときにお邪魔《じゃま》してごめんなさいっ。湊智花《みなとともか》です。今日《きょう》から三日間、よろしくお願《ねが》いします！」

なんだか圧倒されてしまっていた俺たちだったけど、失礼のないようにと智花が歩み出て、ぺこりとお辞儀《じぎ》をする。清く、正しく、美しい。理想の小学生像ここにあり……なんて、うっかり身内びいきを浮かべてしまった。いかんいかん。

「あー、いーよ挨拶《あいさつ》とか。どーせ覚えないし」

「ちっさいね～。六年って聞いてたけど、ほんとに？　ま、どーでもいいけど」

「ふぇ……」

ひ、ひどいなあ……。智花《ともか》の純なる気持ちをここまで邪険にされると、さすがにもやっとした何かが心の中で膨《ふく》らんでしまう。

「ねー、シツレーすぎない？」

「まほ。けんか、だめ」

友達をからかわれ、怒りを露《あら》わにする真帆《まほ》。ひなたちゃんが止めてくれたが、表情に浮かべた不満の色は真帆に向けられたものではないだろう。

「お互い良い刺激《しげき》になるよう、精一杯がんばるからよろしくね」

とにかく、こちらは礼を尽くすことで少しでも打ち解ける努力をしよう。そう決めて、俺《おれ》も東川《ひがしかわ》さんと松島《まつしま》さんに挨拶を伝えることに。

「…………」

「…………」

すると、どうしたのか二人《ふたり》は俺の顔をしばし凝視《ぎょうし》してから、何やらヒソヒソ話を始めてしまった。キツい言葉が返ってくる覚悟は固めておいた方がいいかもしれないな……。

「（どう？）」

「(アリ。服がヤボいのは残念だけど、ぜんぜんアリ)」

次の瞬間《しゅんかん》、まったく予想していなかったことが起こった。

今までの不機嫌《ふきげん》が二人から霧《きり》のように立ち消え、はにかみ混じりの微笑に急変したのだ。

「はじめましてっ、灯《あかり》でーすっ。えへ、ほんとは空港とか来たくなかったんですけど、コーチさんが若い人って聞いて、ちょっと品定め……こほん！　興味《きょうみ》があっておむかえに来ました～」

「バスケ、教えて頂けるなんて光栄です～。手取り足取り、よろしくお願《ねが》いしますねっ」

甘えるような上目遣《うわめづか》い。もじもじとすぼめた肩。清流のイワナが、忽然《こつぜん》と釣り堀のニジマスに取って代わったかのように気配《けはい》からトゲが抜けてしまった。

いったいなぜ、方針転換を……？　前後関係から演技であろうことはあからさまなんだけど、だからって俺がヘンに壁《かべ》を作った態度を取っても、合宿の空気がよくなる可能性はないからなあ。

「う、うん。よろしくね。力不足のコーチだけど、精一杯がんばるよ」

「きゃ、握手してもらっちゃった♪」

「長谷川《はせがわ》コーチ、私も私も～！」

戸惑いつつ右手を差し出すと、声のトーンを上げて歓迎してもらえた。混乱しきりだけど、これから共に過ごすことを思えば喜ぶべきなのだろう。たぶん。きっと。

「……トモ。あの二人、気をつけた方がいいかもね。いろんな意味で」

ていいるようだけど。

「ふ、ふぇっ？」

慧心《けいしん》の五人の警戒心《けいかいしん》は、まだ解《ほぐ》れていない。それどころか、いっそう不信感を抱いてしまっているようだけど。

「珍しく空港まで付いてきたいなんて言うから期待してしまったんだが。やっぱり、いきなりチームの問題児2トップと会わせちゃったのは失敗だったかもしれんな……。他《ほか》のメンバーはみんな素直で良い子たちだから、そこは安心してくれ。それじゃ、移動しよう。駐車場《ちゅうしゃじょう》はこっちだよ」

苦々しく嘆きながら、先導《せんどう》を始めて下さる監督《かんとく》さん。

何やら波乱の幕開けになってしまったけど、俺《おれ》にできることがあるなら少しでも合宿のムードがよくなるよう努力しないとな。

「コーチ、きっと女の子にモテモテですよねっ」

「えっ!? いやいや全然！」

「またまた～♪ どんな子がタイプなんですかっ？」

「う、うーんと。す、素直な子……？」

「やったあ！ 私、超素直ですよっ。……欲望に」

なぜか俺にばかり届く答えにくい質問にも、可能な限り真摯《しんし》に答える。

「あたし、あの二人《ふたり》におしりビンタしてきていい？」

こう。

「だ、ダメだよ真帆《まほ》ちゃんっ。……なかよく、なかよくしないとっ」

子どもたちの雪解けはまだ遠そうなのだから、尚更繋《なおさらつな》ぎ役として敵意は引っ込める方針で行

＊
「ひとくちに讃岐《さぬき》うどんといっても、いろんな売り方の店があるんだよ」

案内して頂いたワゴン車にお邪魔《じゃま》し、道すがら監督に本場のうどん基礎知識《きそちしき》をレクチャーしてもらう。

それによると、讃岐うどん店には大まかにわけて三種類の形態があるらしい。

ひとつは、製麺所《せいめんじょ》系。元々はうどんの麺だけを卸《おろ》売りしていたのが、店先で個人のお客さんにも振《ふ》る舞《ま》うようになった、香川《かがわ》独自のスタイルとのこと。出汁《だし》で食べるというよりシンプルな醤油《しょうゆ》うどんみたいな、麺本来の味に定評があるお店が主流で、中にはビニール袋に入れてもらったうどんを直《じか》で食べるようなところもあるとか。

続いて、セルフ系。その名の通りセルフサービスのお店で、売り方は製麺所に近いけれども、こちらの方がメニューが豊富にある傾向だとか。ぶっかけ、釜玉《かまたま》といった食べ方の元祖となったお店もこのセルフ系に分類され、知名度の高い名店がいくつもあるみたいだ。

最後に、一般店。こちらはいわゆる普通のうどん屋さんと同じで、『芯力《しんぢから》』もここに入る。値段は少し高めだけど、激戦区《げきせんく》香川《かがわ》で生き残るために出汁《だし》の旨《うま》さ、こだわりなら抜けているとのこと。麺《めん》のゆで置きも行わないところがほとんどで、何を頼んでも注文を受けてから生麺の調理《ちょうり》をしてくれるのも特徴の一つに数えられる。

「というのが基本。けど、最近はだいぶ多様化してきてるから製麺所でもメニューが豊富だったり、セルフでもゆでたての釜揚《かまあ》げを提供したり、例外も増えてるんだ」

なるほど。とても興味深《きょうみぶか》い。期間は三日で、部活がメインだからそんなに多くは回れないだろうけど、せっかく来たんだしいろいろ体験《たいけん》してみたいな。

「監督《かんとく》のお店はどのタイプなんですか？」

「ウチは半一般って感じかな～。あえて、茹《ゆ》で置《お》きも用意してるから」

後部座席から紗季《さき》が尋ねると、ハンドルを握ったまま監督さんがミラー越しににこりと白い歯を覗《のぞ》かせる。

「あえて、ということは理由があるんですね」

助手席から俺《おれ》も質問すると、こくりと大きな頷きが返ってきた。

「うん。これは、一度味わって貰《もら》った方が話が早いだろう。……さ、もうすぐ着くよ。ここは高松市街《たかまつしがい》にある有名なセルフ店のひとつでね。僕もおすすめの一店だ」

空港から数十分の道のりを経て、ビルが建ち並ぶ通りの小道に車が入っていく。

余談《よだん》ながら、高松って思っていたよりずっと都会だな（なんて言い方はいささか失礼かもしれないけど）。さすがは四国《しこく》の玄関口というか、中心街は俺たちの住む街のターミナル付近よりずっと洗練されていた。

「よし、着いたよ」

路地裏の駐車場《ちゆうしやじよう》でエンジンが切られ、いざ本場のうどん初体験。子どもたちもわくわく感が抑えられないようで、足早に外へ飛び出していく。

「……お前たちは？」

「いかなーい。うどんとか食べ飽きたし」

「ダイエット中だし」

東川《ひがしかわ》さんと松島《まつしま》さんは、ピクリともシートから動こうとしなかったけれども。いつでも食べられるのも事実だろうし、俺から口を挟む必要もあるまい。

しかし、二人《ふたり》ともスレンダーだし、まだ小六なのだからダイエットなんてする必要どこにもなさそうなんだけどな。

「はー。息苦しかった」

「ちょっと会話に詰まっちゃったわよね……」

ドアが閉められると、真帆《まほ》の口から盛大な溜息《ためいき》が漏れた。東川さんたちが最後部座席で終始無言だったから、きっとみんな遠慮《えんりよ》してしまったんだろう。ううむ、俺が仲介に入るべきだったか。つい質問攻勢から逃《のが》れたくなって、率先して助手席を選んでしまったのだけど。ちょっと、いつぶりだか思い出せない。こんなふうに女子小学生から自ら距離《きょり》を置きたいと感じたのは。

「おうどん、おうどん。ごめんくださーい」

元気よく引き戸を開いたひなたちゃんに続き、遠征組全員で店内へ。中は長方形の広い空間で、端から端まで大きなテーブルが四列引かれている。

その奥が調理場《ちょうりば》となっていて、たくさんの店員さんがいそいそと作業なさっていた。まだお昼には少し早い時間なのにお客さんの数はかなりのもので、人気ぶりが一目で窺《うかが》える。

「あのっ、おすすめのメニューってありますか？」

活気溢《あふ》れる様子《ようす》に眼《め》を奪われつつ、愛莉《あいり》が監督《かんとく》さんに訊《き》いた。

「ここはセルフだけど出汁《だし》がかなり美味《おい》しいお店だから、かけうどんも良いと思うよ。あとは、シンプルに麺《めん》を味わう醤油《しょうゆ》うどんかな」

うん、やっぱり最初はスタンダードなメニューからだよな。アドバイスに従い、ひとまずは全員かけうどんを攻めることに。ええと、注文方法は……。

「僕が先に頼むから、みんな真似《まね》してみて。まず、お店の人にメニューを伝える。すみませーん、かけ中《ちゅう》ひとつ！」

監督さんの声に、はーいと元気よく返事した店員さんが、丼《どんぶり》に麺だけを入れた状態で手渡してくれる。続いて俺《おれ》たちも真似して『かけ中』をそれぞれ発声。

ちなみに珍しくもミホ姉《ねえ》が奢《おご》ってくれるらしい。嵐《あらし》の予感、ますます深まる。

「おつゆ入ってないの？」

「あとから自分で入れるんだ。でもその前に、このザルにいったん麺を移して……」

丼を持ち、監督さんは長方形の流し台のようなものの前に立つ、中にたっぷり張られているのは水……いや、湯気が立っているからお湯だな。

「ここで、麺を温めてからもう一回丼に戻す。時間は一〇秒から二〇秒くらいかな。火傷《やけど》しないように気をつけてね」

慣《な》れた手つきでザルの取っ手を握り、お湯の中で麺を泳がせる監督さん。さすが本職《ほんしょく》だけあって美しさすら覚える無駄《むだ》のない動きだ。スピード感があり、しかし麺を少しも飛び出させない水切りは、一朝一夕《いっちょういっせき》に身につく技術ではないと見ているだけでわかる。

「とー。てんくうおとし」

「ふふ、なんだか自分で準備している感じが楽しいです」

俺たちも順番に麺を温め終え、トッピングの天ぷらも一つずつ選んでお会計。それから蛇口のついた大きなタンクから各自好きな量のつゆを足して、カウンターに着席した。

「あのめんつゆの出る蛇口いいな〜。あたしの部屋《へや》にもほしい」

「ふふっ。真帆《まほ》のおうちなら本当に置けちゃいそうだね」

確《たし》かに智花《ともか》の言う通りかも。そこまで頻繁《ひんぱん》にめんつゆの需要はないような気もするけど。

「にゅふふ。では、早速――」

『いただきま～す！』

ミホ姉《ねえ》が割《わ》り箸《ばし》を分離《ぶんり》させる音を合図にして、俺《おれ》たちは一斉に声を揃《そろ》える。はてさて、本場ではじめて口にするうどんの味わいや、いかに。

「あっ、おいしい！」

「麺《めん》の歯触りが、とっても心地《ここち》良いというか」

「思っていたよりも柔らかめなんですねっ、でもコシがないわけじゃなくて」

「コシはしっかりあるのに、するりと口の中で解《ほど》けていくような、不思議《ふしぎ》な感覚です」

「おー。おつゆとってもよくあう」

うむ。真帆《まほ》、智花、愛莉《あいり》、紗季《さき》、ひなたちゃんの順番でリレーされた感想に、俺も完全同意だった。

「おいしいです！　あの、さっきのお話からすると、これはゆで置きの麺なんですか？」

「そうなんだ。茹《ゆ》でて水で締《し》めてから時間を置くと、確かに弾力は弱くなる。でも、弾力＝麺のコシというわけではないって、こいつでわかるだろう？」

監督《かんとく》さんにこくこくと無言で頷《うなず》く俺たち。全員うどんをすするのに夢中で口を開けるタイミングではなかったのであった。

「茹で置いて少し経《た》ったこの状態の方が、好みによってはかえって食感が心地良いとも言えるから、ウチでは両方提供できるようにしているんだ。それに茹でたて締めたてだと、少しつゆ馴染《なじ》みが悪いところもあってさ。僕も個人的にはあつかけの場合少しこなれた麺の方が好きだったりする。と言ってもあまり長い時間置いておくと伸びきっちゃうから、締めてから十五分以上残った麺は提供しないけどね」

「ほえ、捨てちゃうの？」

真帆が『もったいない！』という顔つきをする。

「そうなったときは賄《まかな》いかな。でも、もうこの仕事も長いから。カンで、どれくらいゆで置きのストックがあれば不足せず、余らずになるかわかっているつもりだ」

含蓄あるお言葉から、熱意《ねつい》が強く伝わってくる。想像以上に奥深いんだな、うどんの道は。こんな職人《しょくにん》さんが丹精込めて育て上げているチーム、か。東川《ひがしかわ》さんと松島《まつしま》さんとの関係は懸念《けねん》事項として残っているけど、きっとこの出会いが俺たちにバスケの新たな一面を見せてくれるだろうと、ますます期待が膨《ふく》らんだ。

お腹《なか》も満たされて、いよいよ俺たちは合同練習が行われる体育館《たいいくかん》へ案内してもらう。市の中心、高松駅《たかまつえき》から車で十分ほど。緑豊かで閑静な山のふもとにある小学校が、これから三日間を過ごす主な舞台《ぶたい》となるようだ。

「ここのバスケ部が、監督《かんとく》さんのチームなんですね」

「いや、さすがにこの辺で一校だけだとメンバーが足りないからね。近くにある幾つかの学校から集まった合同チームだよ。この体育館は、好意で貸して頂いてる練習会場なんだ」

冬枯れの桜に囲まれた古き良きかまぼこ形の建物を見上げた智花《ともか》に、監督さんが答える。ミニバスの場合、全国大会に出てくるのはそういった合同チームの方が多くて、むしろ単独の部として勝ち上がってくる方が少数派だったりするんだよな。

「さ、どうぞどうぞ。みんなもう待っているはずだ」

案内に従い、正面口からいざ中へ。東川《ひがしかわ》さんたちも今度は車を降り、のんびりと最後尾を付いてきてくれている。

「ちょ、ちょっと緊張《きんちょう》しちゃうね」

「そうね。仲良くして頂けるといいんだけど……今度は」

靴を脱ぎながら、小声で呟《つぶや》き合う愛莉《あいり》と紗季《さき》。やや警戒《けいかい》してしまうのも致し方ないところか。

「よし、行こうか」

全員が持参したバスケットシューズに履《は》き替え終わるのを待って、俺《おれ》が合図を送ると五人は一斉に頷《うなず》いた。すう、と大きく息を吸ってから、内扉を開く。

『慧心学園《けいしんがくえん》初等部ミニバスケットボール部です、よろしくお願《ねが》いします！』

並び立ち、車内で打ち合わせしておいた通りに声を揃《そろ》えてお辞儀《じぎ》。

『八栗《やくり》ドレットノータスです！　ようこそお越し下さいました！』

すると、奥からも同じようにシンクロした大勢の挨拶《あいさつ》で歓迎してもらえた。

その響《ひび》きだけで、なんとなくわかる。よかった、どうやら他《ほか》のチームメンバーからは敵意を向けられていないようだ。

どこかほっとする気持ちを携えながら、駆け足でメンバーさんの許《もと》へ駆けつける俺たち。

「よし、みんな準備万端みたいだね」

既にチームジャージ姿の教え子たちを見渡し、何度も頷く監督さん。人数はおおよそ十五人ほど。何人か智花たちより幼げな子もいるけど、大半は高学年に達しているように見えた。

「初めまして。湊《みなと》智花と申します！　六年生です！」

自然と始まっていく、メンバー同士の自己紹介。予想通り六年生が五人含まれていて、突出して長軀《ちょうく》の子はいないものの平均して高さがある。まっすぐな視線《しせん》は皆やる気に満ちていて、出会い頭から『強そうなチームだ』という印象を受けた。

「キャプテンの石塚八重子《いしづかやえこ》です！　みなさんと交流の時間が持てて、とても嬉《うれ》しいです。三日間、よろしくお願いします！」

最後に、短めの髪をうなじ付近で二つ結びにした子が一歩前に出て、慧心の五人に握手を求めてくれた。ついでに俺とミホ姉《ねえ》もお礼と意気込みを伝え、最初の対面は滞《とどこお》りなく終了。

健《すこ》やか。ひたすらに健やか。これだ。これこそが、俺《おれ》の愛して止《や》まない小学生だ。

「それじゃあ、早速練習会にしようか。それとも、食後だし少し休憩《きゅうけい》してからにするかい？」

「いえ、すぐ練習できます！」

「おうどん、消化がいいので平気ですっ」

五人で相談《そうだん》してから、監督《かんとく》に早速の活動開始を伝える紗季《さき》と愛莉《あいり》。エネルギー効率の良いうどんは、部活前の食事としても相性が良いだろうな。早速一つ、大事な勉強ができたかもしれない。

「了解、それなら始めよう。更衣室があるから、着替えておいで。ヤエ、案内してあげて」

「はいっ。みなさん、こちらにどうぞ！」

石塚《いしづか》さんに連れられ、一時場を離《はな》れる慧心《けいしん》のみんな。

「くふふ、いっぱいがんばるぞ～！」

「おー。香川《かがわ》のばすけ、おべんきょう」

早くも気合い充分に、掲げた腕をクロスさせる真帆《まな》とひなたちゃん。強豪チームの練習メニュー。きっとハードだろうけど、みんなならば難《なん》なく吸収できるはずだ。

俺もまた、外の視点からいろいろ学ぶべきポイントを余さず見つけていかないとな。

「うへー、まるで運動部のノリ」

「人生ハードモードだねー。肩凝《かたこ》りそう」

体育館内《たいいくかんない》で溢《あふ》れる活力を疎《うと》ましそうに、顔をしかめる東川《ひがしかわ》さんと松島《まつしま》さんの存在も、改めてちょっと気になるところだけど。チームメンバーとは、上手《うま》くやれているのかな……？

「こら、お前たちもはやく着替えてきなさい！」

「焦んない焦んない。七人であそこ入ったら狭くて気持ち悪いじゃん」

監督に怒られてもどこ吹く風な灯《あかり》さん。とりあえず、一応練習に参加する気はあるみたいなのでよかった……のかな。

「あっ。それとも長谷川《はせがわ》コーチ、私と灯の三人で着替えっこしますかっ？　男子更衣室で♪」

「い、いやいやいや！　そういうわけにはいかないよ！」

あとはなにより、俺自身が二人《ふたり》のペースに巻き込まれないようにしなければ。

＊

着替えを済ませ、入念なストレッチを一通り終えたところで監督さんがひとつ咳払《せきばら》いをして耳目《じもく》を集めた。

「さて、今日《きょう》はウチの普段通《ふだんどお》りの練習を一通り見てもらうつもりだから、次は基礎《きそ》体力作りメニューなんだけど。慧心のみなさんはこの辺がはじめてと言うこともあるし、『山トレ』をやりたいと思う。良いかな？」

提案に、ドレッドノータスのメンバーは『はいっ！』と元気の良い返事。どんな内容のトレーニングかはわからなかったけど、もちろん俺《おれ》たちも異存なく段取りを委《ゆだ》ねる。

「みなさん、外履《そとば》きの運動靴はありますか？」

「はい、持ってきています！」

石塚《いしづか》さんに訊《き》かれ、代表して紗季《さき》が頷《うなず》いた。どうやら次のメニューは屋外で行うようだ。一通り必要になりそうなものは準備しておいてよかったな。

というわけで靴を履き替え、集団で歩くこと十分ほど。緩《ゆる》やかな坂道の先に、見慣《みな》れないものが現れた。あれは、ロープウェイ……いや、ケーブルカーの駅かな？

「八栗山上《やくりさんじょう》行き。アレに乗るの？」

「いえ。あのケーブルカー沿いの道を、自分の足で走って上るんです。ほとんど舗装路《ほそうろ》ですけど、けっこうな坂なのでなかなか大変ですよ。がんばりましょう！」

真帆《まほ》に、メンバーさんの一人《ひとり》が説明してくれる。なるほど、つまりは坂道による足腰鍛錬《たんれん》か。徒歩圏内に、格好のトレーニングスポットがあるというのは羨《うらや》ましいなあ。

「慧心《けいしん》のコーチさん、このマーク知ってるかい？」

監督《かんとく》に問われ、目を向けると近くの電柱に赤い矢印のシールが貼《は》られていることに気付いた。はて、これはなんだろう。

「いえ、不勉強ながら……」

「これはね、ここが『へんろみち』だよっていう道しるべなんだ。お遍路《へんろ》というのは、聞いたことがある？」

「はい、それなら。詳しくは知らないですが。たしか、偉いお坊さんが四国《しこく》を回って修業したんですよね。その道筋を辿《たど》って、巡礼することでしたっけ」

「うん、その通り。『弘法筆《こうぼうふで》を選《えら》ばず』の、弘法大師《こうぼうだいし》――空海《くうかい》の軌跡を追いかける旅だ。今でも多くの人がここを訪れ、そしてこの坂道で泣きを見る。ここで練習していると、いろんな人に出会うよ。夢を探している大学生とか、定年を迎えてこれからの生き方を見つめ直そうとしている大企業の勤め人とか。噂《うわさ》では、ここで得た構想を小説にして賞《しょう》を取った人もいるとかいないとか。それはほんとかどうか怪しいもんだけどね」

小説、か。さぞかし汚れのない、清らかで煩悩《ぼんのう》の対極にあるような内容なんだろうなあ。

よし、じゃあ俺もいっちょがんばってみよう。『悟り』に目覚められるように。

なんて、ほんの一部分を体験《たいけん》したくらいで突然何かに開眼したりはできないだろうけど。悟り、一日にして成らず。でも気持ちの上ではそれくらい高いモチベーションで練習に臨《のぞ》むべきだろう。

「よし、それじゃあそろそろ始めようか。最初だし、コーチさんは最後尾からみんなを見てもらえるかい？」

「はい、わかりました！」

快諾《かいだく》してから、もう一度屈伸運動をして膝《ひざ》をほぐす。

「長さ、どれくらいかな？」

「１㎞くらいだって。でも、上に行くにつれて勾配《こうばい》がきつくなるから、前半飛ばしすぎに注意した方が良いみたい」

愛莉《あいり》と智花《ともか》のやる気に満ちた声に顔を上げれば、五人ともとても良い表情をしていた。距離《きょり》感が掴《つか》めていないところを走ると精神的な苦しさもひとしおなんだけど、この様子《ようす》ならば、みんな滞《とどこお》りなくこなしてくれることだろう。

「すばるん、ばっちり走りきるから、あたしたちのことちゃんと見ててね！」

「うん、後ろから応援してるよ」

真帆《まほ》と笑顔《えがお》で約束を交わし、いざ未踏の坂とまっすぐ向き合う。

「それじゃ、はじめまーす！　よーい、スタートっ！」

石塚《いしづか》さんの合図で、一斉に駆け出す両チームの子どもたち。慧心《けいしん》の五人は先頭集団の真後ろにポジションを取った。うん、ペースを教えてもらいつつしっかり負荷を得るなら、そこがベストだろう。

「あーん、みんな速い～」

「カヨワイ乙女《おとめ》にこんなことさせるなんてヒドいですよね～。長谷川《はせがわ》コーチっ」

いっぽう俺《おれ》はといえば幾分集団から離《はな》され気味だ。東川《ひがしかわ》さんと松島《まつしま》さんがかなりゆったりしたペースなので勝手に抜くわけにもいかず、軽いジョギング程度のスピードしか出せないのであった。

まあ、それはそれで仕方ないか。それにしても、少し不思議《ふしぎ》な気持ちがしてしまう。

「あの、二人《ふたり》はどうしてバスケを？」

正直、あまりスポーツに情熱《じょうねつ》を燃《も》やしてる風には見えないんだよな。けれども練習自体をサボろうとする気配《けはい》は意外にも（といったら失礼か）なくて、思惑が読みづらい。

「えっ、美容のためですよ～。正直、練習も試合もクソダルなんですけど……」

「灯《あかり》、言葉づかい言葉づかい」

「こほん！　私たち体力ないから付いていくのもやっとなんですけどぉ～、ダイエットになるから少しだけがんばってみようかなって」

「バスケは背も伸びるし、バストアップ効果もあるみたいなので♪　あっ、私たち、サイズはまだまだですけど胸の形はけっこういいんですよ。見ます？」

「見ません！」

要所要所で背筋が凍る発言を織《お》り交ぜてくるからいろんな意味で恐ろしい二人組だ……。

「あはっ、コーチさん照れちゃってカワイイ☆」

今まで全く出会ったことのないタイプなのでたじろぎっぱなしなのはさておき、なるほど。スポーツとの向き合い方に貴賤《きせん》なんてないのだから、それはそれでれっきとした理由だろうなあ。事実、小学生には全く見えないモデルのようなプロポーションは、バスケによって培《つちか》われた賜《たまもの》なのかもしれない。もちろん、持って生まれた資質が一番なのは言わずもがなだけど。

ふむ。まだ断言はできないけれども、それならばチームとしてのキープレーヤーは別の子、あるいは総合力の高さで勝負してくるタイプなのかな、ドレッドノータスは。最初に東川《ひがしかわ》さん、松島《まつしま》さんと対面したから『試合では上背《うわぜい》のある二枚看板をどう攻略するか』という思考に自然となってしまっていたけど、練習を見た上で一度プランを白紙に戻す必要があるかもしれない。

いろいろ考えているうちに、道幅が狭くなって左右の景色《けしき》が鬱蒼《うっそう》と茂る木々に包まれた。さっき聞こえてきた通り勾配《こうばい》もだんだんときつくなっていて、普段《ふだん》動かしきれていない筋肉に刺《し》激《げき》が伝わってくる。本音を言えばもう少しスピードを出したいなというところはあったけれども、今は見守る立場なのでしかたない。もし時間があれば、改めて一人《ひとり》で走りに来よう。

「(ねー、ゆーな。いくらなんでもカマトトぶりすぎたんじゃない? 骨折明けのロバだってもう少しは飛ばすよ、きっと)」

「(加減間違えたねこりゃ……。ペース遅すぎてあくびが出そう。昴《すばる》ちゃんもバスケやってんでしょ。ムダにかよわさ強調《きょうちょう》してもウケ悪かったかな~)」

やがて進行方向が大きく蛇行し、木組みの階段が織り混ざった山道そのものに突入した頃《ころ》、数歩前を走る二人《ふたり》が小声で話し始めた。足音でかき消されよく聞こえなかったけれど、耳をそばだてるのもデリカシーがないからな。気にしないでおこう。

「(どする？　もう少しがんばっとく？)」

「(ん～、でも手抜いてたのバレたらまずくね？　……あ、そだ！　それより、さ──)」

「(──んふ、それ名案！　やっちゃおやっちゃお。昴ちゃん朴念仁《ぼくねんじん》ぽいし、ダイレクトに誘惑仕掛けたほうが効きそう)」

だいぶ長いこと話し込んでいる二人。ちょっと心配だな、頂上が近付いていっそう道幅も狭くなっているし、あまりよそ見はしない方が──

「きゃっ!?」

ああ、言わんこっちゃない！　急カーブに差し掛かった瞬間《しゅんかん》、東川さんと松島さんの足が交差して、折り重なるように草の上へ倒れ込んでしまった。

「大丈夫!?」

慌てて至近まで寄ると、二人は目尻《めじり》に涙を潤《うる》ませ、切なそうな表情で俺《おれ》を見上げた。

「いたたた……ごめんなさい～。ちょっと足、捻《ひね》っちゃったかも」

「わ、私もですぅ。うう、立てない～」

そりゃ大変だ……。大きな怪我《けが》じゃなければ良いんだけど。

「ほら、つかまって」

迷う余地もなく俺は二人に左右の肩を貸し、なんとか腰を上げてやる。おそらくゴールまでもう少しだろうから、動けそうならこのまま運んであげた方がいいかな……。あんまり辛《つら》いようなら上に助けを求めにいくしかないけど。

「どう、歩けそう？」

「肩を貸して頂ければ、なんとか……。ちょっと進んでみますね」

二人《ふたり》の間に入った三人四脚の体勢で、試しに一歩前へ。

「あん、やっぱり無理かも～！」

「うわ!?」

直後、左側の東川《ひがしかわ》さんが大きくバランスを崩し、ぐらりと傾いた。しかもその拍子、なんとも運の悪いことに体勢を立て直そうと振り出した松島《まつしま》さんの足が俺《おれ》の膝関節《ひざかんせつ》を右後ろから直《ちょく》撃《げき》して、情けなくもこちらまでカクンと体幹をブレさせてしまう。

「きゃっ、引っ張られたらまた倒れちゃう～♪」

その結果、今度は三人つづら折りの転倒。一番下に仰向《あおむ》けの松島さん、そこに覆《おお》い被《かぶ》さるように俺、一番上に東川さんという、非常に問題のある構図が完成してしまった……。

「ご、ごめん！　本当にごめん！　松島さん、立ち上がれそう……？」

「きゃあ。……長谷川《はせがわ》コーチ、私たちの早熟《そうじゆく》ボディにぎゅっと挟み込まれて、フランクフルト状態ですね☆」

「意味がわからない！」

「ほら、私たちがパンで～。コーチと愛のホットドッグ、デキちゃった系？　どうです、ふかふかでしょ～♪　小学生っていうより『女の子』って感じしません？」

——俺は小学生らしい小学生の方が好きです！

などとあやうく語弊《ごへい》まみれのカミングアウトが飛び出そうになるのを寸前で呑《の》み込み、半ば強引に身体《からだ》をよじってこの危機《きき》を脱しにかかる。うう……香水だろうか、二人の身体からとろんとした甘い匂《にお》いが伝わって来て、どうにも力が入りづらい。

「あっ、コーチ。うなじに土埃《つちぼこり》ついちゃってますよ。フー♪」

「っ!?」

さらに東川さんから善意の吐息くすぐり攻撃を受けてしまったりしてあやうく力尽きかけたが、これで立たない男は使い物にならぬと気力を振り絞り、なんとか身体を持ち上げる。

そして再び二人を間から支え、これでもかというほど慎重に前進開始。

「……コーチさん我慢強いですね」

「えっ？」

松島さんの真意を摑《つか》み損ねる。二人の身体を支えながら山を登ってることに対してだろうか。

「バ、バスケットマンですから……」

言った後で、大事な台詞《せりふ》を思い切り冒瀆《ぼうとく》してしまったような気がして妙に後悔の念が押し寄せてきた。なぜだろう。

「やっぱり、コーチはバスケ上手《うま》い人が好きですか？」

「ん。憧《あこが》れとか、尊敬というところではそうかな」

二人《ふたり》の『美容のため』というモチベーションを否定するような言い方にならないよう注意しつつ東川《ひがしかわ》さんに答えれば、何やら両サイドで考え込むようなそぶり。

「なるほど～……。じゃ、足が治ったらできるだけがんばりますね。……ふふ、できるだけ」

「私も、それなりにがんばりまーすっ。さあさあ、もう少しでゴールですよ～。あ、でも疲れたら言って下さいね。またフランクフルト、優《やさ》しく包んであげますから♪　胸でも、足でも、ど・こ・で・で・も☆」

命に代えてもノンストップで頂上まで駆《か》けぬけようと密《ひそ》かに誓いを立てつつ、じりじりと山道を登っていく俺《おれ》であった。


「はぁ、はぁ……。えへへ、思ってた以上に大変だったね」

「おー。つかれた。でも、いい景色《けしき》で、いい気持ち」

「くふふ、慧心《けいしん》の中だとあたしが一位だったな！」

「別に競走《きようそう》じゃないから抜かそうとしなかっただけよ。その気になれば順位くらいいつでも入れ替われたわ」

「昴《すばる》さん、遅いね。何かトラブルでもなければいいんだけど……………ふぁっ!?」

集団からだいぶ後れを取ってしまいつつ、ようやくゴール地点らしき場所が近付いてきた。

智花《ともか》たち五人も一息ついているから、ひとまずあそこまで行って監督《かんとく》さんに二人の怪我《けが》を報告しよう。

そう決めてさらに距離《きょり》を詰めてからようやく、みんなが不審な表情を浮かべていることに気付いた。

「長谷川《はせがわ》コーチ、両手に花でご到着ぅ～」

「ずっとくっつきっぱなしだったから、ドキドキしちゃいました♪」

まあ、そりゃそうか……。まさか東川さんと松島《まつしま》さんを両肩に抱きかかえてやって来るとは思ってなかったろうしなあ。

「は、長谷川さん……？　何か、あったんですか？」

両眼《りょうめ》をぱちくりさせながら尋ねる紗季《さき》。他《ほか》の四人もどこかそわそわしているのが明らかに見て取れた。

「うん、実は――」

「やー、助かっちゃった。長谷川コーチがずっと私たちのことだけ見ててくれたから、転んだのに気付いてもらえたんだ」

「もう、すぐに飛んできてくれてカンドーだったなあ。ずっと私たちのことしか目に入ってなかったんだなあって。もうオンナゴコロきゅんきゅん」

な!? 東川《ひがしかわ》さん、松島《まつしま》さん、その言い方はだいぶ語弊《ごへい》があるような……? 俺《おれ》は最後尾を見てくれってお願《ねが》いされたからそうしたまでだし、二人《ふたり》と次の集団までだいぶ距離《きより》があって、先を見ようにも視界が届かなかっただけだし!

「ぬぬぬ……。こらあ! すばるんっ!」

「は、はい!」

「あたしのこと見ててって言ったのに、ぜんぜん見てなかったの!? ひどいじゃん! うそつき! すけべ!」

す、すけべ……。な、なんてこった。そんな不誠実な真似《まね》をするつもりはぜんぜんなかったのに、どこで道を間違えたのか真帆《まほ》を怒らせてしまった。

「いや違うんだほんとに、ええと……!」

なんとか弁解しようと模索するものの、言葉が出てこない。ええい、こういう時なんて言えば……。

「むぅ」

たじろいでキョロキョロしているうちに、事態はもっと深刻であることに気付かされた。真帆だけではなく智花《ともか》もまた、頬《ほお》をぽくりと膨《ふく》らませて不満を露《あら》わにしていたのだ。

「智花、いや、これは……」

滅多《めった》にこんな表情をする子ではないからますます焦りが膨らむ。ちゃんと、ちゃんと事情を説明しなければ大問題になりかねない。

「す、昴《すばる》さんは……すけべですっ！」

「あっ、待って智花！」

しかし、釈明《せいり》の整理が付く前に智花はくるりと身を翻《ひるがえ》し、奥に見える鳥居目がけて走り出してしまった。

智花にも、すけべだと思われた……。なにかとても、取り返しの付かないことをしてしまったのではと心が激《はげ》しく軋《きし》む。

すぐにでも追いかけなければと走りかけて、両肩を貸したままであることを思い出す。「わ、わたしたち、見てきますっ」

そんな状況を慮《おもんぱか》ってくれたのか、愛莉《あいり》を先頭に四人が智花の後を追いかける。俺も、早く監督《かんとく》に怪我《けが》のことを報告して謝《あやま》りに行かないと。

「…………あれあれ～。ねー灯《あかり》。もしかして」

「うん、間違いないね。……くくくっ」

そう強く思ったのだが、二人が密着したまま俺の前で鼻と鼻を突き合わせ話し込み始めてしまったので動くに動けない。というか、この純度100％の悪戯顔《いたずらがお》……。嫌《いや》な予感が、青天《あおてん》井《じょう》に膨《ふく》らんでいく。

「長谷川《はせがわ》コーチっ、私たち謝《あやま》りに行ってきます！」

「えっ？」

「私たち、とっても人見知りなので、もしかしたら『慧心《けいしん》のみんなと仲良くしたくないんだ』って思わせちゃったのかも……。だから、ここは誤解をなくすため子どもたちだけに任せて下さいっ」

「ひ、人見知り……？　誤解……？」

ツッコみどころしかない言葉の節々《ふしぶし》にツッコむ間もなく、忽然《こつぜん》と肩から離《はな》れて走り出す東《ひがし》川《かわ》さんと松島《まつしま》さん。

だ、大丈夫なのだろうか。不安だ、甚《はなは》だ不安だ。

「……あれ？」

というか二人《ふたり》とも、足の怪我《けが》は？

成長日記@八栗寺《やくりじ》

【智花《ともか》】うう、どうしよう……。昴《すばる》さんにひどいこと言っちゃった。

【真帆《まほ》】アレはすばるんが悪いからもっかんが正しい！　あたしたちのコーチなのに相手のことばっか気にしてさ～！

【紗季《さき》】仕方ないわよ。少しでも場の雰囲気をよくしようと、気を利かせて下さってるんだわ。ここは私たちが大人《おとな》にならないと、ね。

【ひなた】ともか、おにーちゃんにあやまりにいこう?

【愛莉《あいり》】うんっ。きっと怒らないでくださるよっ。

【智花】そうするよ……。許してもらえるといいな……。

【灯《あかり》】いやー、ムリじゃないかな～。もう手遅れって感じ。

【智花】ふえっ!?

【真帆】むむっ、出たなワルモノ！　何しに来たんだ！

【紗季】……どこも怪我《けが》してないじゃないですか。長谷川《はせがわ》さんのこと騙《だま》したのね。

【佑奈《ゆうな》】人聞きが悪いな～。もっとイイ関係になるための、女のテクってやつ?　お子ちゃまにはわからないかもだけど♪

【愛莉】ひ、ひどいです……。長谷川さんお優《やさ》しいから、放《ほう》っておけるわけないのに。

【ひなた】ぶー。おにーちゃんにあやまって。

【灯】そんなことよりさ、アレでしょ。あんたらみんな、コーチのことラブなんでしょ。

【智花】なっ⁉

【紗季】えっ⁉

【愛莉】はう⁉

【真帆】もちろんだ！

【ひなた】おー。おにーちゃん大好き。

【佑奈】くくっ、マジウケ。こんなお子ちゃま軍団、女として見られてるわけないのに。まさかロリコンでもあるまいし。

【智花】ろ……ろりこ……？

【灯】普通の高校生が、ガキンチョなんか相手にするわけないでしょってこと。

【真帆】なにを～！　すばるんはバスケがんばる子が好きだから、あたしたちのこといつでも見てくれてるもん！　相手にされないのはお前たちみたいなサボりっこのほうだもんね！

【佑奈】へ～、こりゃまたすごい自信ですこと。

【灯】見てみたくなっちゃった。……がんばってもムダって知ったときの顔。じゃ、またね～。

【紗季】な、なんなのよあの二人《ふたり》。

「す、昴《すばる》さんっ！　失礼なことを言って本当に申し訳ありませんでした！」

「いや、俺《おれ》の方こそ悪かったよ！　ちゃんと見てるっていう約束、やぶっちゃって」

幸い、智花《ともか》たちを捜しに行くとすぐに合流できた。お詫《わ》びを伝えることもできて、どうやらこれ以上不穏《ふおん》な空気が流れる心配もなさそうなので、ひとまずほっと胸をなで下ろす。

この後も気をつけないとな。合宿のムードをよくするつもりが、みんなに不満を抱かせてしまったら本末転倒にもほどがある。

＊

「よし、それじゃ体育館《たいいくかん》に戻ろう！」

坂道トレーニングを終え、監督《かんとく》さんの号令で一斉に徒歩移動する俺たち。今度はちゃんと、慧心《けいしん》の五人の傍《そば》で行動を共にする。

「それにしても、さっきのゴールにあったお寺、変わってたよね。鳥居があったから神社かと思ったよ」

「あっ、そう言われてみればそうですね」

道すがら、ふと気になっていたことを口にすると、紗季《さき》が同意してくれた。

「おー？　めずらしいの？」

「うん、たぶん。普通、鳥居は神社にあるもの……だったと思う」

「へ～。すばるんものしり！」

「…………」

しかし、この話題はあまり長続きするものではなくかえって沈黙《ちんもく》を招いてしまう結果に。そこまで神社仏閣《じんじゃぶつかく》に詳しいわけではないのだから、もっと別のことで盛り上がるべきだった。なんて、ヘンに場を取《と》り繕《つくろ》おうとしてしまうのも、平常心を欠いている証拠か。大丈夫、みんなもう怒ってはいないみたいだし、普段通《ふだんどお》り自然体でいよう。

「…………っ」

ちょっとだけ、智花《ともか》が思い悩んでいるようなそぶりを見せていたから気になってしまうところもあるものの。東川《ひがしかわ》さんと松島《まつしま》さんに、また何か言われて気にしてなければいいんだけど。

思い切って何もなかったか訊《き》いてみようかと迷っているうちに、体育館に到着してしまった。集中力を乱してしまってもいけないし、ひとまずは余計なことを口にしないでおこう。

「――次、ボール二つのコンビパス！」

『はいっ！』

再び屋内に戻り、いよいよ本格的なバスケのトレーニングメニュー。ここから俺《おれ》は練習には合流せず、コートの外で研修モードだ。

ふむ、二人《ふたり》一組で向き合い、バウンドパスとチェストパスを同時に出し合うこの練習は今まで取り入れていなかったけど、素早《すばや》い状況判断力とパスのスピードを高めるためにはもってこいだよな。

「え、えへへ。やっと慣《な》れてきたかな……」

「とっても良い感じです、愛莉《あいり》さんっ」

五人とも、それぞれドレッドノータスのメンバーとのコンビでスムーズにこなせているし、帰ったら普段の練習メニューに加えてみよう。早速いい勉強になった。

「終わったら買い物行く～？」

「どうしよ。連休初日で混んでそうだけどね～」

東川さんと松島さんも、お互いコンビでそつなくパスワークをこなしているな。会話しながらで、若干テンポは遅めではあるけど。

「え……？」

と、二人にちらりと目を向けてから数秒遅れて、妙な違和感が伝わってきた。

「あの、監督《かんとく》」

「ん？　どうかしたかい？」

「松島さんたち、二人とも左利きなんですか？」

パスにもキャッチにも、両者片手しか使っていない。ボール一個ならさほど驚《おどろ》かないが、二個使いで左一本というのは、よほど球さばきが手に染みついていないと実現できないはず。

「いや、右利きだよ。二人《ふたり》とも」

「……！」

それが利き腕でないとすれば、衝撃《しょうげき》の度合いは何倍にも膨《ふく》れあがる。

これが本当に、美容のためしかたなくやっている子たちの練習風景なのか……？

「すまんなあ、ナメたことばかりするヤツらで。なまじっか覚えが早いから、すぐ飽きて遊び始めちゃうんだ。合同練習でなければどやしつけてるところなんだけどな……」

心底嘆かわしそうに首を振る監督《かんとく》さん。

指導者《しどうしゃ》として、頭が痛く思う気持ちも何となくわかる。けど、外野からすればただただ戦慄《せんりつ》を覚えるしかない。

もしかして、俺《おれ》は何から何まで手玉に取られてしまっていたのか。あの二人に。


「スリーメン終了！　十五分休憩《きゅうけい》にしよう！」

メニューは滞《とどこお》りなく進み、練習も終盤《しゅうばん》に入ってきた。ここまでのメニューを見ていろいろ気付きはあったものの、取り立てて奇をてらったような不思議《ふしぎ》な内容は含まれていない。やはり基礎《きそ》を疎《おろそ》かにしないことが、上達への最短ルートなのだと再認識《さいにんしき》させられる。

うーん、となるとあまり新鮮味《しんせんみ》を追い求めすぎるのも危険だよなあ。帰ってからの方針は、まだまだ熟考《じゅっこう》の余地がありそうだ。

「コーチさん、この後だけど、どうしよう？ もしそちらがよければ、軽くミニゲームでもやってみないか？ 最終日にはちゃんとした練習試合も組みたいと思っているから、対戦はそれまで温存ということでもいいんだけど」

「そうですね……」

近くに智花《ともか》たちもいるので目線《めせん》を向けて意見を伺《うかが》いつつ、自分自身でも考えてみる。勉強させてもらいに来ているわけだし、特に出し惜しみする理由もないかな。それに、全国に駒《こま》を進めたチームの実戦、早く見てみたいという気持ちもかなり強い。

「俺は賛成《さんせい》です。みんなは？」

「おー。したいです」

「最初っから全力勝負でいこーぜ！」

子どもたちに訊《き》けば、ひなたちゃんと真帆《まほ》から気合いのこもった返事。智花、愛莉《あいり》、紗季《さき》も静かに、でも迷いなくこくりと頷《うなず》いてくれた。

「了解だ。ならそうしよう。ただ、全力……スタメンを揃《そろ》えるとなると、あの二人が入っちゃうんだけど、それでもいいかい？」

どこか申し訳なさそうに、監督さんは遠くで座り込んでいる東川《ひがしかわ》さんと松島《まつしま》さんをちらりと見た。

やはり、そうなのか。練習前なら意外に感じたかもしれないが、一通り彼女たちの動きを見終わった後ならば『さもありなん』という印象しかでてこない。

はっきり言って、おおよその場面で二人《ふたり》は集中力に欠けていた。どのメニューも、可能な限り手を抜いてやり過ごしていたように思う。

それでいて、否応《いやおう》なしに視線《しせん》を奪う、奥底から滲《にじ》み出るような凄《すご》み。正直、あまり好きな言葉ではないんだけど……。持っているモノが、何か違うのだろう。

「構いません。望むところです。ふふ、早速知ってもらう時が来たわね。私たちの力を」

「…………がんばらないと」

きりりと鋭《するど》い眼《め》を向ける紗季《さき》。うつむき加減に拳《こぶし》を握る智花《ともか》。そこに確勝《かくしょう》を信じた色は少しも含まれていなかった。共に練習の時間を過ごし、みんなも同様に何かただならぬものを感じずにはいられなかったようだ。

もはやチームの士気は、本試合に挑む前と変わらぬほど高い。交流会を兼ねたミニゲームなんて、生やさしいムードでは終わらない気がする。

「長谷川《はせがわ》さん。きっと二人のうちどちらかが、センターですよね。作戦はどうしましょう」

身長から直接のマークマンを務めるであろう愛莉が、ぐっと前のめりで対策を求める。

ちょっと、予想が難《むずか》しいよな……。少しでも高さに差があればまずはどちらかにアタリをつけることも可能なんだけど、東川《ひがしかわ》さんと松島《まつしま》さんの体格は全く同じと言っても良いほど近いのだ。となると、硯谷《すずりだに》戦の時みたいにツインタワー的な動きに対処する方法を出していかなきゃいけないか。しかし一方で、果たしてあの二人がポジションに則《のっと》ったシステマティックなプレーをするのか……？　という疑問も拭《ぬぐ》えない。

「まずは、オーソドックスにポジション合わせのマンツーマンでいこう。そこから何か気付いたら俺《おれ》もアドバイスするし、みんなも自由に、臨機応変《りんきおうへん》に対応してみて」

ちょっと投げやりな感じもして申し訳ないけど、見たことがないものをカンで読もうとしても裏目に出かねない。まずは、ここまでの経験《けいけん》を信じて素直なバスケを心がけるべきだろう。

「わかりましたっ。精一杯、わたしたちのバスケをしてきますっ」

愛莉《あいり》も納得してくれたようなので、初手《しょて》としては特に決めごとを作らずに送り出す。

「おっしゃ、みんないくぞー！」

『おー！』

真帆《まほ》の声を皮切りに、五人の勇ましい声が重なった。知らない人が見たら、とても練習半分のミニゲームに挑む前とは思うまい。はは。気持ちが入りすぎてて、むしろちょっと心配になるくらいだな。

「慧心《けいしん》さんとも相談《そうだん》して、今日《きょう》のラストは五対五のミニゲームを行うことにしたよ！　出場するのは――」

監督《かんとく》さんがドレッドノータスの選抜メンバーを指名する。呼ばれたのは、東川さん、松島さん、キャプテンの石塚《いしづか》さん、加えて六年生からもう二人《ふたり》。

「えー、面倒《めんどう》なので病欠……って、言うつもりだったけど」

「特別に相手してあげるよ。イジメがいありそうだし♪」

はたして素直に出てきてくれるのか、という懸念《けねん》は、どうやら取り越し苦労に終わりそうだ。

何やら不穏《ふおん》なことを言っていたのがちょっと心配だけど。

とにかく、しっかりと見守ろう。センターサークルまで移動する五人に、アイコンタクトで健闘《けんとう》を祈る。

「それじゃ、さっそく始めよう。初対戦だし、あまり肩肘《かたひじ》張らず気楽に――」

「よろしくお願《ねが》いします。見た目はお子ちゃまかもしれないけど、バスケでは負けませんっ」

「――と、いう感じにもいかないのかな……」

慧心《けいしん》側の研《と》ぎ澄《す》まされた気配《けはい》に、苦笑を漏らす監督《かんとく》さん。智花《ともか》まであんなに対抗心をはっきりと燃《も》やしているのは、俺《おれ》としてもちょっと意外だった。

「いっしー、ジャンプボールよろしく」

「えっ!?　絶対負けちゃうよ……?」

「いーっていーって、のんびり行こう」

ティップオフを迎え、センターサークルに残ったドレッドノータスのメンバーはなんと、そこまで背が高いわけではないキャプテンの石塚さんだった。……余裕綽々《よゆうしゃくしゃく》なことで。

対するこちらは、いつも通り愛莉《あいり》に託す。身長差からいって、まず負けるはずのないマッチアップだ。

「よ、よろしくお願《ねが》いしますっ」

「ごめんなさい、私で……」

赤と黄のビブスを纏《まと》い、対峙《たいじ》する愛莉と石塚さん。油断する子じゃないし、ひとまず先制権はこちらに回ってきそうだが。

――ピッ。

監督さんがホイッスルを吹き、真上にボールを跳ね上げた。ゲームの幕が開く。

「っ！」

「おっけ、アイリーンナイス――」

「ナイスナイス♪　良い場所ドンピシャ♪」

予想通り、ジャンプボールは愛莉が制した。しかし、ボールを手にしたのは松島《まつしま》さん。

「…………なんて、反応速度」

確実《かくじつ》に、トスは真帆《まほ》の手元一直線《いっちょくせん》に飛んでいた。にもかかわらず、数歩先から横っ飛び一発でかすめ取られてしまうなんて。

図《はか》らずも、背筋に力が入る。

みんな、気をつけて。やっぱり、普通の相手じゃなさそうだぞ。

「ご、ごめん！」

「大丈夫、気にしないで！　しっかり守るわよ！」

うろたえ気味の真帆《まほ》を紗季《さき》が励まし、気持ちを切り替え守備につく慧心《けいしん》の五人。そうだ、ミスはなかったのだから引きずらずに落ち着いていこう。

「おっ、いきなり労働したね～」

「しちゃったね～。だから休憩《きゅうけい》♪　灯《あかり》、どぞどぞ」

松島《まつしま》さんは、ニヤニヤとからかうようなそぶりを見せた東川《ひがしかわ》さんにパス。二人《ふたり》の雰囲気はずっと変わらずにのんびりしたものなんだけどな……。それだけに、あの爆発的《ばくはつてき》な瞬発力《しゅんぱつりょく》が未《いま》だに現実として受け止め切れていない。

とにかく、要警戒《ようけいかい》だ。松島さんが見せた片鱗《へんりん》からして、きっと――。

「ゆーなは人使いが荒いな～。ま、しゃーないからサクっと、なっ」

東川さんも度肝を抜いてくるだろうという予感を裏切らず、ハーフライン近辺からいきなり矢のようなドリブルが繰《く》り出された。

「大丈夫、行きますっ！」

速い。速いが、あまりにも直線的だ。当然警戒していた愛莉《あいり》は余裕を持って進行方向に入り、その行く手を阻《はば》んでくれた。

「止まらない～、止まれない～」

万全の守備に対し、東川さんが選んだムーブはなんと一歩も退《ひ》かぬ真っ向からのパワードリブル。このまま押し込んでゴール下まで突入するつもりなのか。いくら何でもそれは無謀《むぼう》が過ぎるのでは。東川さんも大きいとはいえ、慧心の支柱《センター》は他《ほか》ならぬ愛莉なんだぞ……!?

「……これ以上は、ダメっ」

各種ドライブを警戒してある程度間合いを保っていた愛莉が、ポストラインの手前で東川さんとの距離《きより》をグッと詰める。もう既に、ゴールは射程圏。ここから先は、身体《からだ》を張って進撃《しんげき》を止めなくてはならない最終防衛《ぼうえい》ラインだ。

「きゃうん!」

次の瞬間《しゅんかん》、唖然《あぜん》とさせられた。愛莉がハンズアップして密着ディフェンスを仕掛けようとした矢先。

あっけなく、不自然なほどにあっけなく東川さんがはじき飛ばされ、尻《しり》もちを突いたのだ。

「………赤、7番。プッシング」

「えっ。あ、あれっ」

どこか憮然《ぶぜん》とした表情で、ファウルを宣言する監督《かんとく》さん。いっぽう当事者である愛莉は狐《きつね》につままれたようにきょとん、と立ち尽くしている。

誤審、とは言えない。俺《おれ》の目にも、愛莉の手が東川さんを押したように見えてしまった。

そんなはずはないと確信《かくしん》できるのは、ただ愛莉の性格をよく知っているからという理由だけ。

こういう形になってしまったら、試合中には無実の根拠としては役に立たないのだ。

「あーもう、ひっどいな～。バスケってそういう競技《きょうぎ》じゃないぞ～！」

しかめ面《つら》で立ち上がる東川《ひがしかわ》さん。……自分からハメておいて、大した肝っ玉だ。

そう、愛莉《あいり》はハメられた。ポスト際で踏ん張るのを見越し、距離《きょり》が詰まるタイミングに合わせ東川さん自身が、さも愛莉が押したように見せかけ能動的に倒れ込んだのだ。

つい、眉間《みけん》に力が入る。しかし、批判的になるのも筋違いだろう。

緊急事態《きんきゅう》でやむなくとはいえ、俺《おれ》も以前なりふり構わずひなたちゃんに似たような搦《から》め手《て》を指示したことがあるわけだし、これも技術と言ってしまえばそれまでなのだ。なにより、あんなのそうそう狙《ねら》ってできるものじゃない。誘いを悟られぬ演技力。ここぞというタイミングで、誰《だれ》の眼《め》にもファウルに見える構図を創《つく》り出す戦略力。それをオンタイムの試合で実現する反射神経。どこを取っても、人間離《にんげんばな》れした才能がなければ机上の空論《くうろん》で終わる攻め方だ。

「愛莉、ドンマイ。……気にしちゃダメ」

「う、うんっ」

智花《ともか》に励まされ、すぐにぴんと背筋を伸ばす愛莉。ひとまず精神的には大丈夫そうだ。しかしながら、出端《でばな》にあんなのを見せられると次からの守備が悩ましい。ここはなんとしても止めたいところだが。

「ゆーな！」

石塚《いしづか》さんのスローインで、ドレットノータスの攻めが再開。次は、どうくる？　松島《まつしま》さんの一挙手一投足に注視する。

「ねえねえ。私ってさ、どこから打ってもシュート決められるんだ。……って言われたら、信じる？」

「え……!?」

またも、想像の埒外《らちがい》まで遥《はる》かに吹っ飛んだ出来事が起こった。智花がマークに付くか付かないかのうち、松島さんはなんとセンターラインにほど近い位置からシュートを放ってしまったのだ。

高く、鋭《するど》い放物線《ほうぶつせん》。まさか、これが入ってしまうと言うのか……!?

——がこん。

あ、外れた。

「ダメか！　決まればちょーかっこよかったのに！」

「ぷっ、逆に外したらクソダサじゃん。きゃはは、ゆーなマジウケる」

「うるさいなー」

そりゃ、そうだよな……。あそこから高い精度でネットを狙えるとしたらもはやお手上げだ。どうやら人間の領域を逸脱しているということはなさそうかな。

「わからない……さっぱり読めてこないわ……」

リバウンドを制した紗季《さき》が眉《まゆ》をひそめる。今までのセオリーがことごとく通用しないこのバスケ、まだ理屈での攻略は難《むずか》しそうだ。

「ゆーなのクソダサ珍プレーはあとで動画拡散するとして、さーて、次はどうする？　やっぱあのデカイの片づけちゃう？」

「え、動画なんて撮《と》ってないでしょ？　撮ってないよね？」

「きゃはは、撮ってない撮ってない。安心して」

「ビビらせないでよ。……うん、やっぱあのデカおっぱいから仕留めよ。目障りだし、二度と揺らせないようにしてやる♪」

とにかく、油断している暇《ひま》はない。なんだか内緒話《ないしょばなし》を始めてるのも気になるし、このオフェンスをしっかり決めて勢いで前に出ておきたいところだ。

「愛莉《あいり》！」

紗季も当然その心積《こころづ》もりだろうし、俺《おれ》からの指示は出さず全権を委《ゆだ》ねる。ボールを託した先は、愛莉。自信を取り戻させてあげるためにも、ベターな選択だろう。

「え……？」

「い、行きますよ！」

三度目の衝撃《しょうげき》。いったいどこまでこちらの常識《じょうしき》を裏切り続けるのだ、この試合は。

愛莉のマークに付いたのは、ジャンプボールに引き続き石塚《いしづか》さん。まさか、マッチアップ自体ずっとこの形で通すつもりなのか。

「……っ」

一瞬《いっしゅん》たじろいだ愛莉だったが、即座に集中力を取り戻し、石塚さんとポスト際で対決。

「行ける……！」

そして、隙《すき》を見つけるや迷わずドライブで左側に切り込んでいった。

「ちょっ、痛っ！」

「あ……!?」

見事に、石塚さんを躱《かわ》すことには成功。成功したのだが。

「……あのさぁ。二回連続とか、ヒドすぎない？ なに、慧心《けいしん》ってラフプレーがウリのチーム？」

その進路上に、いつの間にか東川《ひがしかわ》さんが忍び寄っていた。愛莉も慌てて急ブレーキをかけたのだが、間に合わずにディフェンスをはじき飛ばしてしまう。

『赤、７番。チャージング』

「そ、そんな……」

いや。実際は間に合って、ちゃんと止まっていたのかもしれない。けれども交差した瞬間、東川さんがあれだけハデに吹っ飛ぶと、端《はた》から見ればぶつかったようにしか見えなかった。

これで、愛莉は記録上《きろくじょう》、同じ相手に連続してファウルを犯してしまったことになる。

真相はどうあれ、ゲームが終わるまでこの事実は揺るぎないのだ。

これは、ちょっとマズいかも……。そもそも愛莉《あいり》は、石塚《いしづか》さんとのミスマッチを活《い》かしパワーゲームからシュートを狙《ねら》うという選択肢も取れた。むしろ普段《ふだん》ならそうしていたはず。なのに、ドライブで躱《かわ》すことを選んだというのは、最初のファウルを無意識《むいしき》で気にしていたから、という可能性が高い。

結果、もう一度同じ相手にファウル。

「あいり、どんまい」

「ひなちゃん、ち、違うの。わたしは、なにも……」

視線《しせん》が下がり気味で、うっすらと顔も青ざめている愛莉。こんな状況に追いやられたのは初めてのことだし、ちょっと尾を引いてしまうかもしれないな……。

恐ろしきは、東川《ひがしかわ》さんの巧妙なファウルトラップ。おそらく、石塚さんにマッチアップさせたところから既に、彼女の描いたシナリオによる演出だろう。

さっき失敗したばかりだから押してこない、抜きに来る。なら、あの辺に自分がファウルにならないギリギリのタイミングで飛び込んで——。

そこまで計算尽《けいさんず》くでやって、狙い通り実現させてしまったのだ。

「うひひ、スキありぃ」

「は、はうっ!?」

いけない。恐れていた通り、愛莉のドリブルがだいぶ硬い。普段《ふだん》なら有り得ないほど、あっさり松島《まつしま》さんからスティールを決められてしまった。

「もう一回くらいかましとく?」

「うーん、あの子はもう良いんじゃない? とっくにガタガタでしょ」

「ほんとだ、胸もあんま揺れなくなったし。ほんじゃ念のため、別のをもう一人《ひとり》くらいつぶしときますか~」

「念のためね~。一番単純でアホっぽいの、どれだろ……?」

のんびりとしたドリブルでオフェンスを始めるついでに、また何やら話し込んでいる二人《ふたり》。更なる仕掛けがあるかもしれない。要警戒《ようけいかい》だ。

「ぐぬぬぬぬ! アイリーンはぜったい悪くないのに!」

真帆《まほ》、憤《いきどお》るのもわかるけど、我を忘れたら一気に呑《の》み込まれちゃうぞ……!

「あ、アレだ」

「アレだね、間違いない」

心配をよそに、引き続きスローテンポなドリブルで攻め上がっていく東川さん。

「絶対に止めるっ!」

立ちはだかったのは真帆だ。というか東川さん、わざわざ真帆の眼《め》の前に歩み寄っていったような。……嫌《いや》な予感がする。

「おっ、めっちゃ気合いノリノリだねー。スティールとかされないように気をつけないと」

「気をつけたってあたしの腕は避けきれないぜ……！」

「………あれ。そう言えば私、今晩のドラマ録画《ろくが》予約してきたっけ？」

至近で向き合っている最中にも拘《かか》わらず、不意に明後日《あさって》の方向を見上げる東川さん。おかげで手元が露骨《ろこつ》に疎《おろそ》かだ。露骨すぎるほどに。嫌《いや》な予感がする。

「む、隙《すき》あり！」

ここぞとばかりに鋭《するど》く指先を伸ばす真帆。しかし。

『……赤、5番。イリーガルユースオブハンズ』

「……え。ええええ～!?」

当たった先は、東川さんの手の甲だった。ズラされたな、意図的に。真帆《まほ》が仕掛けるタイミングを読み切って、絶妙に腕の角度を切り替えた。

「さっきから痛いなー。あんたら、ほんとに経験者《けいけんしゃ》？　バスケやるの、ほんとは今日《きょう》が初めてだったりしない？」

「そんなわけあるか！　ぬぬぬぬぬぬぬぬ……！」

「灯《あかり》！　お前はさっきから私語が多すぎだ！　次はファウル取るぞ！」

「へいへーい。反省してまーす」

監督《かんとく》さんの注意を、全く懲《こ》りず悪びれず流して立ち去る東川さん。

——ジョロウグモ。

ふとそんなイメージが浮かんだ。

まず糸で絡《から》め獲《と》り、じわりじわりと相手の自由を奪って、心を折る。そうして抵抗できなくなるのを待ってから、悠々と息の根を止める。

そんな戦い方で、県のライバルを残らず駆逐してしまったのだろうか。

「……コーチさん。来たことを後悔していたら、本当に申し訳ない」

監督さんの苦虫《にがむし》を噛《か》み潰《つぶ》したような表情からして、全《すべ》てあの二人《ふたり》の独断《どくだん》なんだろうけど。

そう考えると、松島《まつしま》さんの超ロングシュートも無策な気まぐれではなかったのかもしれない。

マグレでもなんでも、もしアレが入ってしまっていたらこちらとしては非常に苦しい状況になる。常に松島さんのシュートを警戒《けいかい》せざるをえないから、高さで勝負できる愛莉《あいり》に徹底《てってい》マークを頼む。すると今度はインサイドがキツい。松島さんが愛莉を外に引きずり出してしまえば、東川さんはどこから切り込んでもミスマッチの状況を作り出せる。

要は、ハッタリでもなんでも一発決められたら、強烈な精神的アドバンテージを作り出せるのだ。『またロングがあるかもしれない』と思わせることで、大した労もなく相手の守備体系をかき乱す、幻惑の一手。

くそ、ミスったな。最も『予備知識《ちしき》なし』の状態で勝負を挑んではいけないタイプのチームじゃないか。

「さ、仕上げちゃいますか」

仕切り直しで再び攻め始めた東川《ひがしかわ》さんが、一直線《いっちょくせん》にインサイドへ速攻を仕掛ける。

「ううう、今度こそぜったい止めるっ!」

対するは、再び真帆《まほ》。というより、あからさまに東川さんは真帆目がけて攻め込んできた。

猛烈に嫌《いや》な予感……否《いな》、もはや確信的《かくしんてき》にマズいと察する。

――ピッ。

無機質《むきしつ》なホイッスル。レイアップの体勢に入った東川さんを空中で迎《むか》え撃《う》った真帆が、着地するやギクリと監督さんの方を見る。

「……赤、5番。イリーガルユースオブハンズ」

「あーあ。チョロすぎてダイエットにもなりゃしないね」

大げさに肩をすくめる東川さん。今のは、抗議《こうぎ》の余地もない。残念ながら、俺《おれ》から見ても真帆がボール以外に手を出してしまったのがあからさまだった。

もちろん、故意にそういうことをする子じゃないのはわかっている。きっと頭に血が上って冷静さを欠いたために起こったミスだろう。

蜘蛛《くも》の毒が、もはや作為によらず機能麻痺《まひ》を起こすところまで浸透してしまったのだ。

「な、なにやってんだろあたし……」

試合開始三分にも満たない時点で、こちらばかりがファウル四つ。しかもインサイドの要《かなめ》である真帆と愛莉《あいり》がそれぞれ二つずつという内訳。

これが正規の試合中だったらと思うと……背筋が凍る。

どうしよう、タイムアウトを取りたいところなんだけど、交流も兼ねたミニゲームという体で始まったから細かいルールは決めてないんだよな。許してもらえるだろうか。

いや、おそらく却下はされないだろう。むしろ一番の問題は、どうアドバイスするかという部分だよな……。『巧《たく》みにファウルを誘っているから、気をつけて』なんてことはみんななら もうわかっているはずだし、過度に警戒《けいかい》しすぎても動きが縮《ちぢ》こまってさらに二人《ふたり》の思《おも》う壺《つぼ》だ。伝えるならもっと、具体的な対策方法。果たして俺に、見つけられるか……。

「灯《あかり》、フリースローだ」

「…………いや、いいや。なんかもう飽きた」

うんうん唸《うな》っていたせいで、東川親子が何やら揉《も》め始めていることに気付くのが少し遅れた。

どうしたんだろう……？

「飽きたって、どういう意味だ？」

「もう攻略終わったでしょ。続けたってどうせ圧勝するだけだし。ならこれ以上やる意味ないじゃん。やめやめ、練習しゅーりょー」

「何言ってるんだ！　失礼だろう、おい！」

見た感じ、東川さんが勝利を確信《かくしん》しやる気を失ってしまったようだ。ボールを受け取ることなく踵《きびす》を返し、松島《まつしま》さんと共に更衣室へ向かおうとしている。

く、これはマズいぞ。逆転のチャンスすら得られないまま試合が打ち切られたら、嫌《いや》な記憶《きおく》だけ残って今後のプレーに長く支障をきたしかねない。

「ま、待って下さいっ！」

慌てて俺《おれ》も追いかけたが、それより速く智花《ともか》が二人《ふたり》の前に回り込み、勢いよく頭を下げた。

「ちょっと、どきなよ」

「お願《ねが》いです。どうか最後まで、ゲームを続けて下さい。失望させないよう、がんばりますから……！」

「いや、失望も何もそもそも期待してないし」

「ちょっと悔しそうな顔見たかっただけだし。ほんで目的も達成したから、もういいっしょ。くくっ、ほら見てみな。そこの二人、もう心ポッキリ折れてるよ。三人だけで戦って、私たちに逆転できる秘策があるとでも？」

「……はう」

「お、おれてないしっ！」

松島さんに嘲笑《ちょうしょう》を向けられ、遅れてやって来た愛莉と真帆が大きく動揺を覗《のぞ》かせる。これで諦《あきら》めるほどやわな二人ではないから、『折れた』というのは言い過ぎだろう。ただ、早期にメンタル面での回復を成し遂げないと、普段通《ふだんどお》りのパフォーマンスを発揮するのが難《むずか》しい状態であることは、残念ながら事実。

「真帆《まほ》も、愛莉《あいり》も大丈夫です。ちゃんと五人で戦えます。だからどうか、最後までよろしくお願《ねが》いします」

「ひなたちの戦いは、まだはじまったばかりです」

もちろん俺も頭を下げた紗季《さき》とひなたちゃん同様、二人の復活を信じている。だからなんとしても、このまま対戦を流してしまうわけにはいかない。

「だって何の得にもならないし。もうちょっとくらい暇つぶしできるかと思ったけど、これなら寝てた方がマシって感じ」

「じゃ、じゃあ！　最後までやって負けたらあたしたちなんでもゆーこと聞くから！　それなら得、あるでしょ！」

「ちょっと真帆、勝手に『たち』って。……まあ、構わないけど」

「いらねーし。ガキの奴隷《どれい》なんてなんの役にも立たないじゃん」

だんだん話が大げさな方に向かいつつあるが、それだけみんなも真剣なのだろう。俺もぼんやりしてないで加勢に向かわないと。

「お願いだ。東川《ひがしかわ》さん、松島さん。なんとか最後まで試合を続けて貰《もら》えないか」

「えー、長谷川《はせがわ》コーチまでそんなムキにならなくても～」

「…………あ♪　ねえ、灯《あかり》。耳貸して」

智花《ともか》たちの隣《となり》に立つと、何やら松島《まつしま》さんが内緒話《ないしょばなし》を始めた。すると俄然《がぜん》、東川《ひがしかわ》さんの表情が小悪魔《こあくま》っぽい含み笑いに変化していく。……不穏《ふおん》だ。

「わかりました、いいですよ☆」

「えっ⁉」

そして突然の快諾《かいだく》。急変に、思わず驚《おどろ》きの声を上げてしまった。

「ただし。何でも言うことを聞いてくれるのが長谷川《はせがわ》コーチなら——ですけど」

「お、俺《おれ》が……？」

「そうですね～。……私たちが勝ったら、三人でデートっていうのはどうですか？」

「もちろん、オ・ト・ナのデートですよぉ♪」

「て、でーとっ⁉　す、昴《すばる》さんと……⁉　おっ、おとなの……⁉」

智花もまた、泡を食ったような声をあげてくれた。……もし仮にそうなったら、今までの行動からして何をされるかわかったもんじゃない。けっこう危険な賭《か》けになりそうだ。

しかし、俺としては当然に慧心《けいしん》の勝利を信じるのみ。それはダメだ、なんて言えないよな。

「……わかった、俺は構わない」

「きゃ。小学校卒業前に別の卒業チャンスきちゃったっ」

「帰りに薬局寄らないとだね、灯♪」

な、なぜ薬局……いや、今はツッコミを入れている場合じゃない。

「ただし、それなら勝負は仕切り直して、ちゃんとルールを決めて正式な形でやろう。最終日、月曜《げつよう》の午前中に、改めて五対五の試合。俺たちの帰りは夜の飛行機《ひこうき》だから、もし仮に負けたら、その日の午後は二人《ふたり》の言うことを聞くよ。そういう約束で、どうかな？」

第六感が、盤石《ばんじゃく》の態勢で挑まないとマズいことになると囁《ささや》いていたのもあり、交換条件を提示する。片鱗《へんりん》を見ただけで、事前準備なしに戦ったらダメなタイプのプレーヤーであることは明らかだったので、ここはなんとしても可能な限りの時間を確保《かくほ》したい。

「えー、それだとデートの時間短すぎません？」

「でもゆーな、せっかくの記念なんだし美容院とか行って気合い入れておいた方がよくない？今日《きょう》とか明日《あした》いきなりだとあんま準備できないよ？」

「あ、それもそだね。わかりました！　月曜にヤリましょう♪」

よかった、なんとか受け入れてもらえたぞ。言葉の響《ひび》きにものすごい邪念のようなものを感じたけどそれはさておき。

「それじゃ、今日のところはこれでおしまい。おつかれーっした」

「待て灯《あかり》！　交代は受けてやるからせめて最後まで練習に参加しなさい！」

「……クソオヤジ。そうやって細かいことばっか気にするからハゲるんだよ」

「ハゲとらん！」

再び親子喧嘩《げんか》が勃発《ぼっぱつ》する中、俺は安堵《あんど》と懸念《けねん》を五分五分《ごぶごぶ》に抱えながら考え込む。

智花《ともか》たち五人は、まだ本来の実力を発揮させてもらえていない。逆に言えば、搦《から》め手《て》さえ上《う》手《ま》く回避できたなら流れはガラッと変わるはずだ。

コーチとして、打開策を見いだしてあげられるか。我が身が賭《か》けられたことを除いても、責任は重大だ。

「負けちゃったら、長谷川《はせがわ》さんにもご迷惑が……」

「これはますます、絶対に落とせない試合になったわね」

「あんなままで終われるか……！　ぜったいにあたしの本当のジツリキを見せてやる」

「おー。いつも通りできれば、もっとがんばれる」

子どもたちにも、余計なプレッシャーを与えてしまったな。当日、平常心で臨《のぞ》めるようにしてあげるためにも、刃《やいば》を研《と》ぎ澄《す》まし蜘蛛《くも》の糸を断ち切る。

「昴《すばる》さんが、で、デート。そんなの……嫌《いや》っ」

身を案じてくれたのか、きゅっと唇を噛《か》んで俯《うつむ》く智花。

大丈夫、しないさ。勝つのはみんなだって、確信《かくしん》してるから。

RO-KYU-BU!

scene.3

【名前】袴田ひなた
(はかまだひなた)

【生年月日】3/3

【血液型】O

【身長】131cm

【クラス】6年C組

【所属係】飼育係

【理想のバレンタイン・デート♥】

おー。でーと?

ちゅーする?

結局東川《ひがしかわ》さんと松島《まつしま》さんは途中で抜けてしまい、あまり『勝負！』というムードではなくなったこともあって、終始穏《おだ》やかなペースでミニゲームの残り時間は終了。結果として四点差で慧心《けいしん》の方が多く得点することができたが、あまり本質的な勝ち負けに関《かか》わる内容ではないだろう。

「コーチさん。すまんな、いろいろ……。だいぶ腹立たしい思いをさせてしまったんじゃないかい？」

体育倉庫も駆使して総員が着替えに行ったタイミングで、監督《かんとく》さんが渋面《じゅうめん》と共に頭を下げて下さった。

「いえ、そんな。……でも驚《おどろ》きました。あの二人《ふたり》、あんなにすごいプレーヤーだとは」

タイプ的には賛否《さんぴ》両論《りょうろん》が巻き起こるような内容ではあったが、そもそも並のセンスでは実戦であそこまで緻密《ちみつ》な罠《わな》を仕掛けることなんてできない。東川さんと松島さんが、抜けた逸材であることは誰《だれ》の眼《め》にも明らかだった。

「片方が自分の娘だからあまり褒《ほ》めるのも心苦しいんだけど、チームの監督を引き受けるようになって初めて出会ったよ、あんな素質の持ち主たちには。おまけに二人、妙にウマが合うらしくてなあ。ツーカーで通じ合っちゃうから、もう手が付けられん」

まるで敵チームに向けるような言葉に、俺《おれ》は図《はか》らずも小さく苦笑を漏らしてしまった。

「全国でも、ひけを取らないと思います」

「……それは、困った」

「え？」

喜ばしさを微塵《みじん》も感じさせない呟《つぶや》きだった。

「なまじっか才能があるから、本気でバスケと向き合ってくれん。アレがどっちか一人《ひとり》だったら、まだよかったんだけどな。孤立して、徹底《てってい》マークされて、個の力じゃ足りないって誰《だれ》かが思い知らせてくれたろう。それが間の悪いことに、二人いっぺんに揃《そろ》っちまった。コンビとなると、そりゃ難《むずか》しいよな。体格まで恵まれてるから、並の小学生じゃどうにもならない」

「……失礼な言い方になってしまうかもですが。監督は、負けを望んでいるように聞こえます」

「その通りさ。誰かあいつら、負かして欲しいんだ。俺が監督でいられるうちに。卒業して、中学校に入る前に。でないともう、部活自体に入らないでバスケ辞めちまう気がする。二人ともね」

「…………………」

確《たし》かに、腑《ふ》に落ちるところもあった。智花《ともか》たちを引っかけることにはある程度やる気を出していたけど、それはどちらかというと悪戯心《いたずらごころ》で、バスケ自体を楽しんでいる感じはしなかった。

「飽きてるんだよ。どうせ勝てる、やっても結果は同じだってそう思い込んでる。自分たち以外の、本当のライバルに出会えなかったのも不幸だった」

「去年の全国大会とかはどうだったんですか？」

「出てない。一昨年《おととし》もね。人数が足りなかったんだ。実は一年前、ようやくチームメンバーが揃《そろ》ったんだよ。メンバー募集する学区を大幅に広げたりして、やっと十人集められた。……急にそんな画策《かくさく》をしたのも、ある種の親バカさ。笑ってくれ」

「笑いません。素敵《すてき》なことだと思います」

きっと、とんでもない才能と出会ってしまったから。その子たちが、いちばん輝《かがや》ける場所を作ってやりたいと監督《かんとく》さんは願《ねが》ったんだ。

そんな想《おも》い、シンパシー以外は何も感じようがなかった。

「でも、想定外だったのはあまりにも二人《ふたり》が突出しすぎちゃったこと。本気を出すまでもなく、この辺じゃ誰《だれ》にも止められなかったんだよ。ただセンスが良いだけじゃなくて、身体的な意味での成長が早すぎたのも逆に痛《いた》し痒《かゆ》してねぇ」

確《たし》かに、あのサイズは一般的な小学生同士の対決ならあまりにも強烈なアドバンテージになってしまう。そういう意味で、愛莉《あいり》は恵まれていたのかもな。わりと早くから、自分とそう変わらない身長の持ち主とやり合う機会《きかい》に出会えたから。もちろん、愛莉ならどんな環境《かんきょう》でも慢心するタイプではないだろうけど。

「でも、中学高校と進めば周りの発育もきっと追いつく。レベルも上がって、本気でバスケと向き合わなきゃ通用しない相手ばかりになる。灯《あかり》と佑奈《ゆうな》の才能が本当の意味で目覚めるのはきっとその時だろう。……その時までに、バスケの面白《おもしろ》さを知ってくれていれば、だけどね。だから小学校卒業間近の全国大会の前に、まだ悔しさを噛《か》みしめるチャンスと時間があるうちに。僕が何か、アドバイスしてやれるうちに。できれば一度負けを知って欲しいんだよ、あの二人には。何も教えてやれないままチームを離《はな》れる、あまつさえバスケから離れるなんてことになったら、僕にとって一生モノの心残りだ」

なるほど、それで慧心《けいしん》に興味《きょうみ》を持って下さったのか。光栄にも。

全国に行けば、二人を凌駕《りょうが》するチームとぶつかるかもしれない。それこそ硯谷《すずりだに》が、見事に攻略法を見いだすかも。でもそうなった時は、もうドレッドノータスの一員として戦う機会《きかい》は残っていないのだ。

ならば、まだ何かできるうちに、何かしてくれる可能性のあるチームと、監督さんは対戦を望んだ。

「弟子から聞いて、慧心さんと試合する機会が作れればって、ずっと思っていたんだ。才能だけじゃなく、ひたむきさが素晴《すば》らしいチームだって彼は言っていた。今日《きょう》見て、実際その通りだと思ったよ。……ヘンなことに巻き込んでしまって本当に申し訳ないけど、どうかがんばってくれ。遠慮《えんりょ》は要《い》らない。ドレッドノータスを、倒してくれ」

ほとんど力を発揮できなかったミニゲームを見た上で、こうも信用を寄せて貰《もら》えるとは。この気持ちには、意地でも応《こた》えなきゃな。

「俺《おれ》もコーチとして、たくさん勉強させてもらいます。そして最終日、落胆させないゲームに、きっとします」

厳《おごそ》かに頷《うなず》くと、監督《かんとく》さんはにこりと笑《え》みを見せてくれた。

「あ、それともう一つ」

「はい、なんでしょう？」

「もし万が一、娘との約束を守らなきゃいけなくなったとき。……どうか間違いは、間違いだけは犯さないでおくれよ」

「も、もちろんです！　命に代えても！」

ただならぬ圧力を視線《しせん》から感じて、熱《ねっ》した鉄を押し付けられたように背筋が伸びる。

あらゆる意味で勝利が絶対条件となる戦いが、こうして俺たちの眼《め》の前に立ちはだかったのであった。

＊

『──っ！』

食卓に、電撃《でんげき》が走った。

「信じられないわ……。うどんに、まだ『向こう側』があったなんて」

紗季《さき》が呟《つぶや》いた一言に、きっと全員の感想が集約されていることだろう。

練習終了後、俺たちは監督さんのご厚意で臨時《りんじ》休業日のお店にお邪魔《じゃま》し（合宿のために、三連休まるまる休みにして下さったみたいだ。かき入れ時であろうになんとも有《あ》り難《がた》いやら、申し訳ないやら）、打ち立てのうどんを振《ふ》る舞《ま》って頂いた。

そして一口麺《めん》をすすり上げた刹那《せつな》、誰《だれ》もが甘美に震《ふる》え沈黙《ちんもく》した。

さすがにもう、うどんで驚《おどろ》くことはないと思っていたんだけど。いやはや『職人技《しよくにんわざ》』という領域の奥深さを、改めて思い知らされた。

「気に入って貰《もら》えたなら嬉《うれ》しいよ。どうやらまだ弟子に後れは取ってないみたいだね」

静かに微笑《ほほえ》む監督さん。『芯力《しんぢから》』のうどんが感動的に美味《おい》しかった事実は揺るぎないし、見た目は監督さんが打って下さったものとほとんど同じだった。

なのに、ほんの薄皮《うすかわ》一枚ぶんだけ。しかし歴然とした違いを、どこか感じてしまう。

「うどんって、小麦粉と水と塩だけでできているんですよね。それなのに、こうも打つ人によって変わるものだとは……」

「むしろ、その三つしか使わないからかもしれないね」

唸《うな》る俺に微笑みかけ、こほんとひとつ咳払《せきばら》いを漏らす監督さん、なんだか興味深《きようみぶか》いお話を聞かせて頂けそうな気がして、自然と背筋が伸びた。

「材料がシンプルだからこそ、ほんの少しのさじ加減ひとつが、出来ばえに反映されやすいとも言えるんだ。特に、水というヤツが曲者《くせもの》でね。毎日同じ量を加えて打てば良いというわけでもないんだよ。その日の気温とか湿度によって、微妙に増やしたり減らしたりしないと、出来ばえにムラが出るんだ」

なんと。それじゃあ、常に決まった分量を計って加えるという方法ではダメなのか。

「どうやってその日の配合を決めるんですか？」

興味《きょうみ》津々《しんしん》に尋ねる智花《ともか》。

「これはもうカンだねー。朝起きて、肌で感じるしかない。もし僕のうどんの方が少しでも美《お》味《い》しく感じてくれたのなら、弟子はまだそっちの気候を掴《つか》みきってないんじゃないかな。手先の技術的な事に関しては、もう免許皆伝《めんきょかいでん》を与えたから。少ししたら是非また食べに行ってやってくれ。きっと前よりも美味しくなっているはずだよ」

なんと、繊細《せんさい》な世界なのだろう。絶対に、長い年月をうどんのために費やした人でなければたどり着けない領域だ。話を聞いてから改めて啜《すす》ると、この食感にある種の神々《こうごう》しさすら覚えてしまうな。

有《あ》り難《がた》い。真の意味でそう思いながら、俺《おれ》たちは黙々《もくもく》と監督《かんとく》さんのうどんを平らげた。

「ごちそうさまでしたっ。本当に、本当に美味しかったです！」

全員ほぼ同時に完食し、愛莉《あいり》が幸せそうに息を漏らす。なんだかうどんのおかげで張り詰めてしまっていた気持ちがだいぶほぐれたような気がする。仕切り直しが決まったのだから、こうしてリラックスできたことは必ず良い方に転がるだろう。

「お粗末様《そまつさま》でした。みんな、綺麗《きれい》に食べてくれてありがとう。……さて、少し休んだらお泊まり先に向かおうか」

これにて、合宿初日は終了。夜はチームメンバーさんのお家《うち》五軒が、ご厚意で智花たちを泊めて下さることになっていた。なので、明日《あした》まで皆しばしのお別れとなる。

「ひな、お休み。きちんとお礼言うんだぞ～」

「おー。良い子にします。おやすみなさい」

監督さんの運転で近所を回り、ミホ姉《ねえ》と並んで親御さんにご挨拶《あいさつ》させて頂きながら子どもたちを一人《ひとり》ずつ降ろしていく。俺たちは監督さんのお家でお世話して頂けることになっているので、四人目のひなたちゃんに手を振って、残る目的地はあと一軒。

余談《よだん》ながら東川《ひがしかわ》さんは『オトナの勉強会』の緊急《きんきゅう》開催が決まったとのことで松島《まつしま》さんに招集され、今晩は留守らしい。オトナの勉強会ってなんだろう。中学の予習かな？

なんにせよ、失礼ながら同じ屋根の下で過ごさずに済むことに対し安堵《あんど》を覚えてしまった。一緒《いっしょ》だとまた色々からかわれちゃいそうだし……。

「昴《すばる》さん」

密《ひそ》かに吐息を漏らしていると、最後に残った智花から名を呼ばれた。

「ん？」

「私たち、勝てるでしょうか……？」

「自信、ない？」

「いえ。みんなの力を信じてますから。……ただ、今日《きょう》は気がついたら追い込まれていて、どう戦って良いかわからなくなっちゃいました。正直に言うと、不安もたくさんです」

自らの肩を抱くようにして、俯《うつむ》く智花《ともか》。初対決であんな風に罠《わな》を張られたら、泡を食うのも無理はない。

「大丈夫。勝たせるよ。メンバーの実力をフルに発揮させることがコーチの仕事だ。だから、大丈夫。対策は俺《おれ》がなんとかする」

正直に言えば、まだ攻略法なんて見いだせていない。だけど、俺が愛して止《や》まない智花たちのバスケの真髄《しんずい》を伝えないまま帰るなんて、この遠征を実現させてくれた全《すべ》ての人たちに申し訳がたたなすぎるからな。なんとかするしかない。

「昴《すばる》さん……。えへへ、ありがとうございますっ。私たちも、がんばります！　……昴さんが、出会ったばかりの人たちと、デ、デートするなんて。そんなの嫌《いや》ですし」

最後は消え入るような小声で、窓の外を見ながら呟《つぶや》く智花。上手《うま》く言葉にできないけど、そう言ってもらえてなんとなく嬉《うれ》しさがこみ上げてきた。

図《はか》らずも、余計なものまで背負わせてしまったのだ。明日《あした》一日で、なんとしても五人に新たな武器を授けてやらなければ。

―交換日記（SNS）03― ◆Log Date 2／11◆

『みんな、まだ起きてる？　湊《みなと》 智花《ともか》』

『おー。さっき、おふろはいってきた。　ひなた』

『とっても歓迎して頂けて、感謝《かんしゃ》でいっぱいだわ。そっちはどう？　紗季《さき》』

『すごく楽しいよっ！　たくさんお話しして、すっかりお友達になっちゃった。　あいり』

『あたしもあたしも～！　あのふたりいがいはみんないいひとたちばっかなんだけどな～。　まほまほ』

『あはは……。なんだかたくさん謝《あやま》られちゃったよ。東川《ひがしかわ》さんたちが失礼なことををしてごめんなさいって。　湊 智花』

『いきなり踏み入った話するのも悪いかと思ってまだ訊《き》けていないんだけど、チームの人たちはどう思っているのかしらね。二人《ふたり》のこと。　紗季』

『さいしょは怖かったけど、お話しするとおもしろいし、とってもかっこいいっていってた。　ひなた』

『わたしも、そんな風に教えてもらったよ。毎日見ていると、どうしても憧《あこが》れちゃうって。二人に置いて行かれないよう頑張らないとって思うから、出会えてよかったって。　あいり』

『上手《うま》いのは、ファウルを誘うことだけじゃないもんね。ほんの少しプレーしただけでわかったよ。二人とも、本当にすごい選手だと思う。　湊　智花』

『だからこそきにいらんのだ！　フツーにやったらぜったいもっとかっこいいし、バスケたのしいはずなのに！　まほまほ』

『ふふ、そうね。それを知らせるためにも、私たちがもっと実力を出し切らないと。　紗季』

『おー。まけられぬ。おにーちゃんも、あげられぬ。　ひなた』

オトナの勉強会@松島家《まつしまけ》

【灯《あかり》】ったく〜。せっかく今夜、昴《すばる》ちゃんと夜のマンツーマンチャンスだったのに〜。

【佑奈《ゆうな》】抜け駆けなんてさせるかっつーの♪　明日《あした》も泊まっていってもらうからね。

【灯】えー。まあ、ハゲとうどんから離《はな》れられるのは良いんだけどさあ。

【佑奈】それにさ、ちゃんと予習しないと慣《な》れてないって思われるでしょ。そんなのダサダサじゃん。

【灯】ん……確《たし》かにね。一通り知識《ちしき》は身につけとかないと。

【佑奈】こちらに。して、例のブツは？

【灯】買ったとこ誰《だれ》かに見られてないよね……？

【佑奈】だいじょぶでしょ。……たぶん。わざわざ高松駅《たかまつえき》まで出て、行ったことないドラッグストア選んだし。

【灯】さすがにバレるとマズいからね〜。さて、どれどれ。

【佑奈】『薄型《うすがた》』とか書いてるヤツはやめといたよ。なんか怖いし。

【灯】破れたら最悪だもんね。うん、これは厚そうだ。

【佑奈】ふつ、抜かりはござらんよ。

【灯】『防水』って書いてある。

【佑奈】きゃ♪　お風呂《ふろ》でも使えちゃうね。

【灯】関節にもぴったり粘着……。

【佑奈】か、関節なんてあるの？　いきなり勉強になったね。

【灯】おい、ゆーな。

【佑奈】なんでしょうか？

【灯】これさぁ。……絆創膏《ばんそうこう》じゃんか！

【佑奈】ごめん！　焦って選んで間違えた！

【灯】ああんもう出かけ損だよ〜！　田舎《いなか》のイモ娘でもこんなツモリ間違いしないよ普通!?

【佑奈】イモは鳴門《なると》だ。高松はわりかし都会だ。大丈夫、プライドを持って生きよう。

【灯】……明日こそ、ちゃんと手に入れようね。

【佑奈】そうしよう。あ、でも明日は灯がレジ行ってね？

【灯】え、ヤだよなんで？

【佑奈】一晩で全部使ったとか思われたらハズいじゃん！

【灯】絆創膏を一晩で使い切るヤツなんかいねーよ！　いいからミスの責任取れ！

【佑奈】とかいって灯、勇気出ないから私に押し付けようとしてるんでしょ！

【灯】ち、ちげーし！　ゆーなに挽回《ばんかい》のチャンス与えてあげてるだけだし〜！

＊

翌日。午前中の合同練習を終えてから、一人《ひとり》で宿泊させて貰《もら》っている部屋《へや》に戻って考え事にふける。監督《かんとく》さんの『せっかくだし、いろんなお店の味を体験《たいけん》してみると良いよ』という勧めもあって、ミホ姉《ねえ》と子どもたちはレンタカーで有名なうどん店巡りに向かったのだが、俺《おれ》は少し作戦をまとめる時間が欲しかったので遠慮《えんりょ》しておくことにした。

みんな何も言わず単独行動を許してくれたのは、気遣《きづか》いによるものだろう。わがままを言った以上、なおさら無駄《むだ》な時間にするわけにはいかない。

「ファウルトラップ対策か。つくづく難問《なんもん》だよな……」

しかし唸《ひね》れば唸るほど答えが遠ざかっていく気がして、甚《はなは》だ参る。

手を出さず、押し合いに持ち込まなければファウルを取られることなんてまずない。でもそれって、縮《ちぢ》こまってプレーしろと言うのと同義なんだよなあ。むしろそうやって精神的な『縛《しば》り』を与えて、相手の自由を奪ってしまうのが東川《ひがしかわ》さんたちの真なる目的だろうから、かえって相手の望むがままだ。

正攻法で迎《むか》え撃《う》つ手段としては、『慣《な》れ』させること。例えば俺があえてファウルを誘うようなプレーでみんなと１ｏｎ１して、相手がどういうタイミングでどういう罠《わな》を張るのか身体《からだ》で覚えさせる。

……なんだけど、試合は明日《あした》である。明らかに時間が足りない。加えて、俺がそういうプレーを上手《うま》くトレースできるかという問題も大きい。別に聖人ぶるつもりはないんだけど、今まで磨いたことのないスキルだ。付け焼き刃で真似《まね》しても、あの二人《ふたり》の領域には遠く及ぶまい。

「一日じゃ『身体』は変えられない。急速に対応力を身につけるとしたら、『頭』の部分でなんとかするしかない、か」

頭。つまり、理解力。

考え得る罠のパターンを全部文章なり図なりにまとめて、丸暗記してもらうか。

「ダメだよなあ……」

想像してみてすぐに却下。考えすぎで臨《のぞ》んでも集中力と反射神経を削《そ》ぐ。今まで積《つ》み重ねて来た慧心《けいしん》バスケの良さを殺してしまうだけだ。

こうしてまた、座礁《ざしょう》。さっきから同じ思考を繰《く》り返しては放《ほう》り投げるばかりで一向に方向性が見えてこない。

まずいなあ。大口を叩《たた》いておいて、八方塞《はっぽうふさ》がりなのか……？

――こん、こん。

溜息《ためいき》と共に頭を抱えた直後、部屋にノックの音が響《ひび》いた。

『コーチさん、ちょっといいかい？』

「は、はい！」

扉を挟んで聞こえてきたのは監督《かんとく》さんの声。頷《うなず》いて、自分からドアを開けに行く。

「邪魔《じゃま》しちゃってごめんごめん。だいぶ根詰《こんつ》めてるみたいだね」

「はい、あはは……。ちょっと難航中《なんこうちゅう》です」

「どう戦うか、迷ってる？」

「……考えれば考えるほど、強敵です」

「時間もないからねえ。厄介《やっかい》なことになって本当にすまない」

「いえ、そんな。難題ですけど、乗り越えられれば慧心《けいしん》のみんなも今以上に強くなれると思うので、なんとかしたいです」

力なく笑う俺《おれ》に、監督さんはふむ、と少し考えるそぶり。

「気が乗らなかったら断ってくれて良いんだが。ちょっと店の方へ来ないか？」

「お店、ですか？」

この住宅はうどん屋さんの真裏で、実質繋《つな》がっているに等しい。なので移動する事自体には何も面倒なんて存在しないんだけど、監督さんが臨休日《りんきゅうび》のお店に呼んでくれるのはいったい何故《なぜ》だろう。

「…………では、せっかくなのでお言葉に甘えて」

少し黙考《もっこう》してから、俺は頷《うなず》きをお返しした。理由はわからないけど、言われた通りにしてみよう。なんとなく、監督さんがこのタイミングで意味の無いことをなさるとも思えない。

「よかった」

にっこり笑い、俺を誘導《ゆうどう》してくれる監督さん。裏口からサンダルを借り、ほんの一またぎの移動で店舗《てんぽ》の調理場《ちょうりば》に足を踏み入れさせてもらう。

「ここで、あの神がかったうどんが作られるんですね……」

お休みなので人は居ないが、大きなまな板と清潔感溢《せいけつかんあふ》れる水回りに圧倒される。年季は入っているのだろうけど、雑然とした雰囲気など一切感じない機能美《きのうび》に溢れた空間だった。

「ははは、神がかりは畏《おそ》れ多いな。でも、ある意味では正しいのかもしれないね。日本《にほん》は『八百万《やおよろず》の神《かみ》』なんて言うくらいだから。きっと水や小麦にも、神様は宿っているのだろう。その神様が機嫌《きげん》を損ねていなくならないように、素材を大事に扱うのが料理人の仕事なのかもしれない」

ちょっと軽はずみだった俺の発言にも、やさしく相づちを打って下さる監督さん。なるほどなあ、うどん作りは自然との対話みたいなもの、ということか。

「並の才能では務まりませんね……」

「そうでもないさ。……どうだい、ちょっとやってみないか?」

「え?」

「うどん、試しに打ってみないか？　そのために呼んだんだ」

意外なお誘いに、少し戸惑う。

「い、いやいや。上手《うま》く出来るわけないですし！」

「上手く出来なくてもいいじゃないか。なんだか、自分を追い詰めちゃってるような気がしたからね。そういう時は、かえって気分転換でもした方がアイデアに巡《めぐ》り逢《あ》えたりするものさ」

「…………」

時間がないのでと、お断りすることも一瞬《いっしゅん》考えた。

でも、何やら引っかかりのようなものも覚える。

はたして、監督《かんとく》さんは本当にただの気分転換として提案して下さったのだろうか。

東川《ひがしかわ》さんと松島《まつしま》さんに、負けを教えてやって欲しい。昨日《きのう》そう言っていた時の表情には、どこかもどかしさのようなものも混ざっていたような気がする。

もしかすると、監督さんには『自分が敵側なら攻略できるのに』という確信《かくしん》がある？

仮にそうだとすれば、このお誘い。……ヒントなのかも。

ファウルトラップを切り抜ける鍵《かぎ》は、うどんにあるのか……？

「わかりました、ではご厚意に甘えさせて頂きます」

我ながら、考えすぎかという気もする。でもいいじゃないか。どうせ部屋《へや》で唸《うな》っていてもどん詰まりだったのだ。実際ただの気分転換にしかならなかったとしても別に損はしない。

「よし、やってみよう。お手本として、まずは僕が生地《きじ》をこねるから、コーチさんはしばらく見ていてくれ」

「了解です」

頷《うなず》くと、監督さんは入念に手を洗って専用の保管庫らしき大きな戸を開き、中の袋から升《ます》で粉をすくいとった。

「いっぱい作る必要もないし、これくらいで良いか。まずは小麦粉と塩水をなじませるんだ」

ボウルに粉を移して、これまた専用のタンクからカップに水を注《つ》ぐ（当然なのかもしれないが、水道水ではなく特別な水のようだ）。そこに塩を加え、攪拌《かくはん》。

「あとはこうして、粉を混ぜながら少しずつ水を加えていく、と」

まるで一流の舞踊《ぶよう》でも見ているかのような気になる、無駄《むだ》一つない身体使《からだつか》いだ。右手の回転運動に、時折加わる差し水の合いの手。心地《ここち》よい音が、鎮《しず》まりきった調理場《ちょうりば》に響《ひび》き続ける。

「今日《きょう》は、これくらいかな。コーチさん、ちょっと触ってみて」

「は、はい！」

促して頂き、俺も手をよく洗ってから生地に指先を乗せる。もちっとしていて、なのに抵抗なく指が吸い込まれていく不思議《ふしぎ》な感覚は、今まで味わったことのないものだ。

ふと見れば、カップの中にはわずかに水が残っている。今日はここまで、という判断なのだろう。特に目盛りのようなものはないから、感覚によって導《みちび》き出された配分量に違いない。

「この手触りをよく覚えて、自分でもやってごらん。ここまでで最初の行程は終了だ。次は

『踏み』を入れてコシを出すんだけど……」

「踏み、ですか？」

「うん。ビニールに入れて足で踏むんだよ。そうすることで力強さが出るんだけど、その前に一時間くらい生地《きじ》を寝かさないといけないからね。だからまずはここまでひと段落だ」

そういえば、前に子どもたちが作ってくれたときも足で踏んだって言っていたな。懐《なつ》かしく、感動的だった記憶《きおく》がふと蘇《よみがえ》ってきた。

「わかりました。この生地くらいの硬さ……ですね」

「うん。ほんとはあまりよくないんだけど、初めてだから、水を入れ過ぎちゃったら少し粉を足すと良いよ。さて、僕がずっと見ていると緊張《きんちょう》させるだろうし、いったん席を外すね。何かあったら呼んでくれ」

「はい、ありがとうございます！」

新たに適量の粉が入ったボウルと塩水を用意し、継ぎ足し用にと別容器にも小麦粉を少し確《かく》保《ほ》してから外に出て下さる監督《かんとく》さん。よし、やるか。失敗しても自分で食べきれば無駄《むだ》にはならないし、あまり構えず気楽に向き合おう。

見よう見まねで粉に少しだけ水を混ぜ込む。これだとダマができるだけだな。まだまだ水が足りない。もう一度、二度と継ぎ足しては手を動かし、変化を感じ続ける。

やがて、ボロボロだった粉にまとまりが出てきた。ひとまずこれくらいで水は様子《ようす》見《み》にして、しっかり練り込んでみるか。

「ん……違う。硬すぎる」

根気よく混ぜ続けてから、改めて監督さんが残していってくれた見本の方を指で押してみると、弾性にはっきりと違いがあった。

水が足りないのか、俺《おれ》がこねた方は反発力が強すぎる。これだと茹《ゆ》でてもぼそぼそで、あの甘美なる食感は得られないだろう。

もう一度監督さんの方を、今度は自分でこねるつもりになっていじくり回してみることに。

ああ、なんか気持ちいいくらいだな。力を受け止め、でも押し戻すことなく一直線《いっちょくせん》のベクトルを四方に散らしていく、強さと柔軟性を兼ねた極上のサスペンションに全身を抱かれているようだ。

「受け止めて……散らす、か」

おぼろげに、なにかが脳裏をかすめた。

これ、か？　上手《うま》く言葉にできないけど、今の感覚こそ、監督さんが俺にうどんを通して伝えたかったことなのか……？

やにわに考え込む。でも、ダメだ。まだはっきりとは掴《つか》めていない。

「もっとだ。もっとうどんを……。もっと、うどんの神様に語りかけないと」

再び自分で配合途中の生地と向き合う。少し水を足して、さらに練り込み、もう一度足し、練り込む。

「うん……。完璧《かんぺき》とは言えないけど、だいぶ近いところまでは来た」

跳ね返さず、突き抜けない。自然に力を受け止める、ギリギリのバランス感。

ファウルを犯さず、圧《お》し負けない。自然に力を受け止める、ギリギリのバランス感。

きっと、同じだ。

至高のうどんに宿るコシを身に備えれば、バスケの神様の機嫌《きげん》を損ねることなく、自分たちの味方にできる。

しかし問題は、この言葉にできない感覚的なイメージをバスケに変換し、子どもたちに伝えられるかだよな。

うーん、あと少し、あと少しのところまでは来ている手応《てごた》えがあるんだけど……。

うどん打ちの工程はまだ残っている。続きの作業で、また何か見えてくるものがあるだろうか。ここから一時間寝かせなきゃいけないっておっしゃってたっけ。ちょっともどかしいな、この集中力が途切《とぎ》れないうちに、もっとうどんと対話を続けたい……。

「——おー？　おにーちゃん？」

焦燥感《しょうそうかん》を抑えつけるように腕組みして唸《うな》っていると、不意に天使の福音《ふくいん》が響《ひび》いた。ついに神への祈りが届いてうどん天国《ウドンズ・ゲート》へと到る扉への誘《いざな》いが始まったかと思いきや、声のした方に顔を向けてみればそこにはひなたちゃんが立っていた。どうやら他《ほか》の子たちは一緒《いっしょ》じゃなくて一人《ひとり》みたいだ。

「やあ。うどん、おいしかった？」

「おー。とっても。でもでもひな、先におなかいっぱいになっちゃったから、みほしが休憩《きゅうけい》してていいよって」

なるほど。回れるだけお店を回るって言ってたし、他のみんなはもう一軒足を伸ばしに行ったということか。

「ここにおにーちゃんがいるって教えてもらったから、遊びにきました。おにーちゃん、なにしてるの？」

「んーとね、うどんを打ってみてるんだ。監督《かんとく》さんが、考え事の気分転換になるかもってアドバイスしてくれてさ」

そう伝えると、ひなたちゃんは申し訳なさそうにぺこりとお辞儀《じぎ》した。

「ひな、おじゃましちゃった？　じゃあかんとくさんのおうちで待ってる」

「いやいや、気にしなくても大丈夫だよ。しばらくは生地《きじ》を寝かさなきゃいけないし、いてくれても全く問題……ん、そうだ」

「おー？　どうしたの？」

呼び止めた直後、ある閃《ひらめ》きが下りてきた。やっぱりひなたちゃんは俺《おれ》にとっての天使なのかもしれない。

しばらくうどんはいじれない。でも考えをまとめるため、うどんとの対話は継続したい。

それならいっそ、自分自身がうどんになってみるというのはどうだろう。

「……あのさ、ひなたちゃん。実は、お願《ねが》いがあるんだ」

「おにーちゃんのおねがいなら、なんでもききます。なんでしょう？」

万歳して喜んでくれるひなたちゃん。有《あ》り難《がた》さを噛《か》みしめ、俺《おれ》は浮かんだままの願いを真剣な面持《おもも》ちで伝えた。

「ちょっと俺のこと、踏んでみてくれないかい？」


第一工程が終了したことを監督《かんとく》さんに伝え、生地《きじ》を寝かせる準備を調《ととの》えて頂いてから、俺はひなたちゃんと共にお借りしている部屋《へや》に戻る。

「それじゃあ、よろしく頼むよ」

「ほんとうにいいの？」

「うん、是非ひなたちゃんに踏まれたいんだ」

冗談《じょうだん》で申し出ているわけではないことを真摯《しんし》な表情で伝え、床にうつぶせで寝転ぶ。この荒療治《あらりょうじ》によって、もっとうどんと心を一つにしてみせるぞ。

「おー。わかった。それなら、ふみふみするね」

右手を突き上げ、やる気を露《あら》わにしてくれるひなたちゃん。未曽有《みぞう》の体験《たいけん》を前に、なんだか武者震《むしゃぶる》いが押し寄せてきた。

いや、落ち着かなければ。うどんはきっと、こんな高揚感を抱きながら踏まれたりするまい。

「おにーちゃん。くつした、脱ぐ？」

「……ん、そうだな。お願いするよ」

ちょっと考えてから、首肯。面倒《めんどう》をかけちゃうけど、やっぱり余計なかぶせモノを取り除いた方が、イマジネーションが膨《ふく》らみやすいのではないか。

「かしこまり。とー」

「……っ!?」

軽い気持ちで頷《うなず》いてしまった後で、事がわりと重大であると気付かされた。そうか、今日《きょう》のひなたちゃんの出《い》で立《た》ちはミニスカートに黒のタイツだから、あれを脱ぐとなると腰元から下へ引きずり落とす形になってしまうんだよな……。

「うんしょ、うんしょ」

ぺたんと座り込み、両足首に絡みついた黒タイツを抜き取るひなたちゃん。図《はか》らずも、倫理上マズめの要求をしでかしてしまったような。

否。これはただ、真理の追究を求めた結果。どこにも動じる理由なんてありはしない。

「わーい。ぬげました」

「お手間かけちゃってごめんね。……よし、踏んでくれ」

「おうどん作るときみたいに？」

「うん。両脚で力強く、こねくり回すように」

「おー。おにーちゃんをこねこねしてあげます」

ひなたちゃんの小さな足音が近付いてくるのを確認《かくにん》し、俺《おれ》は瞳《ひとみ》を閉じた。

浮かべるイメージは、白。まずは頭の中を空っぽにして、人としての雑念を忘れ去ろう。

うどん。俺はうどん。甘美なる滑《なめ》らかなコシで森羅万象《しんらばんしょう》を受け止める、うどんそのもの——。

その領域にきっと、今まで気付けなかった言葉を超えた世界がある。

「ふみふみふみふみおにーちゃんー」

脊柱《せきちゅう》に沿って、ひなたちゃんはかかとをずらしながら万遍なく背中に圧を加えてくれる。

「まだまだふにゃふにゃおにーちゃんー」

筋肉を完全に弛緩《しかん》させると、いくら体重の軽い少女とはいえ多少痛みが走る。加えられた力を受け止めきれず、内臓《ないぞう》まで逃がしてしまっているせいだ。

「ひなのあんよで元気になあれ」

かといって力みがあってもダメ。一点に集中させた筋肉運動で押し返そうとすれば、ベクトルがズレた瞬間均衡《しゅんかんきんこう》が崩れ、余計に負荷がかかる。

必要なのは、中庸《ちゅうよう》のバランス。張らず緩《ゆる》めずのテンションを全身に行き渡らせて、どの方位から力がかかっても柔軟に、体勢を崩すことなく受け流す程よい緊張感《きんちょうかん》があれば、あらゆる不慮《ふりょ》に対しても動じることはない。

思い出せ、監督《かんとく》さんの打ったうどんの感触を。あんな風に強さとしなやかさを併《あわ》せ持てば、人の身体《からだ》もまた究極の俊敏性《しゅんびんせい》に至れるはず。

「あ……」

ようやく、見つけた。ひなたちゃんの体重を、触れている背中のみならず全身で受け止める『自然な脱力ポイント』。この構え方なら、不意に刺激《しげき》を受けるポイントがズレても痛みは一切感じない。言葉でどうこう考えるまでもなく、身体が自ら刺激を打ち消してくれる。

あとは、このバランス感覚をどうやって短時間で子どもたちに伝えるか、だが。

「ひなたちゃん。次は……顔を踏んでみて」

一度中断してもらい仰向《あおむ》けになると、ひなたちゃんは眼《め》をぱちくりさせて驚《おどろ》いた。

「おかお、痛くない？」

「大丈夫。平気だから、お願い」

ダメでもともと。脳に一番近い神経を刺激してみよう。もしかすると、何か新しい世界に目覚めることができるかも。

「おにーちゃんのお願いなので、わかりました。えい」

「ふみゅ」

右頬《みぎほお》に、ぺたんと柔らかなひなたちゃんの左足が乗っかる。

つい力を込めてしまいそうになるが、そうすると逆に痛い。さすがにものすごく痛い。もっと張りを弱めて『遊び』を持たせておかなければ、身体に比べて筋肉に乏《とぼ》しい顔面では負荷を受け止めることが不可能だ。いくら幼い少女のものとはいえ、表情筋で足とがっぷり四つの相撲《すもう》なんて取れるはずがない。

「……あ！　……ふふ、ふふふふふ」

「おー？　おにーちゃん、痛い？」

「いや、もう大丈夫。ついに、見つけたからね」

まさしく！　という天啓を得て、踏まれたままなのにも拘《かか》わらず笑いがこみ上げてしまった。

相撲……そうだ。

あれを応用すれば、子どもたちにも短時間で教えてあげられるかもしれない。東川《ひがしかわ》さんと松島《まつしま》さんのファウルトラップを瞬時《しゅんじ》に受け流して散らす、中庸《ちゅうよう》のバランス感覚を。

「おにーちゃん、お探しものしてた？」

「うん。明日《あした》の試合に向けての作戦をね」

「おー。ひなのふみふみで、思いついた？」

「うん。きっといいアドバイスができると思う」

「わーい。さすがはおにーちゃん」

ああ、早くみんな帰ってこないかな。今すぐにでもこの悦《よろこ》びを、全員と共有したい。

——そんな願《ねが》いが、神様の耳に届いたのか。

「ごめんヒナ、おまたせ〜！」

「さすがに食べ過ぎちゃった……ふぁっ!?」

いきなり扉が開き、真帆《まほ》と智花《ともか》を先頭に四人が部屋《へや》に飛び込んできた。うどん屋さん巡りがひと段落したらしい。

「おー。おかえりなさい」

にこにこ顔で振り返るひなたちゃん。

ちなみに足はまだ、俺《おれ》の頬《ほお》に食い込んだままだ。

……ちょっとだけ、状況的にまずいのでは。

「おい昴《すばる》。……なにやってんの？」

困ったことにミホ姉《ねえ》まで帯同している。こめかみにくっきり浮かんだ青筋からして、あらぬ誤解が発生してしまっている可能性が非常に高い。これはちゃんと釈明しておかなければ命に関《かか》わる。

「みんな、違うんだ。これは考え事の気分転換になればと思って」

「それも、気分転換の結果か？」

氷像のように一切顔つきを変えず、ミホ姉は床に落ちていたひなたちゃんの黒タイツを指さした。

「や、やっぱり生《なま》の方が魅力的《みりょくてき》だったから……っ!?」

頬に素足のぬくもりを感じたままもごもご状況説明を続けていた途中で、今さらとんでもないことに気付かされた。

な、なんで。なんでひなたちゃんが脱いだタイツの中に、いちご柄の白い布のようなものが混ざっているんだ……？

あ、あれは、まさか。俗に言う……下着というやつなのではあるまいか。

まさかひなたちゃん、タイツを脱ぐとき一緒《いっしょ》に!?

と、いうことは。今、ひなたちゃんの『おめしもの』状況は!?

「おー？　ひな、ぱんつも脱いじゃってた。うっかり」

もし視線《しせん》を上げたら大変なことになると知り、俺はしたたり落ちる脂汗《あぶらあせ》も拭《ぬぐ》えぬまま全身を硬直させる。

「おーいみんな、ちょっと外出て待っててくれ。……今から昴と大事な話があるから」

ゆっくりとミホ姉が近付いてくる中、俺は目を閉じそっと覚悟を固めた。

たとえ身体《からだ》を犠牲《ぎせい》にしてでも、さっきの閃《ひらめ》きの記憶《きおく》だけは守りきろう……。

力を入れようが抜こうが、サブミッションの痛みは軽減されないことを学んだ。

ともあれなんとか気絶する前に真なる目的を説明し（なぜかどん引きされたけど。なぜだ）、這々《ほうほう》の体《てい》だが許しを得ることができたので、早速思惑を試すため子どもたちに集合してもらう。

外に手頃《てごろ》な場所を探しに行くと、小さな公園を見つけた。スペースとしてはこれくらいあれば充分。逆転の策は、ここで授けることにしよう。

＊

「これでよし、と」

「なになに？　すばるん、なにするの？」

その辺から木の枝を拾ってきて土の上に半径50㎝ほどの円を描くと、真帆《まほ》が興味津々《きょうみしんしん》にしゃがみ込んだ。準備もできたし、そろそろ連れ出した理由を教えないと。

ただし、これをやる『目的』の部分は、あえて黙《だま》っておく。きっとその方が感覚的に伝わりやすいのではないか。

「えっとね。みんなは『手押《てお》し相撲《ずもう》』ってやったことある？」

「手押し相撲……。あ、わかります！　この円の中で二人《ふたり》が両手と両手で押し合って、足が動いた方が負け――っていうゲームですよね」

記憶《きおく》を辿《たど》るように人差し指を唇に添えた智花《ともか》が、思い至ってぽんと手を叩《たた》く。残る四人も頷《うなず》きを返してくれたので、詳しい説明はしなくても大丈夫そうだな。

「そうそう。今からそれをやってみようと思うんだ」

「手押し相撲を、ですか……？」

バスケとどう関係あるのかわからないといった感じで、首を捻《ひね》る愛莉《あいり》。無理からぬことなので、やっぱりもう少しだけ説明を付け加えておこう。

「このゲームの攻略法が、東川《ひがしかわ》さんと松島《まつしま》さん攻略法にきっとそのまま繋《つな》がると思う」

「マジで!?　教えて、その攻略法！」

「いや。これはできれば自分自身で見つけて欲しいんだ。言葉で聞くより、感覚で身につけた方が実戦で生きやすいと思うからさ」

ぐっと両手を握りこんだ真帆にそう伝えると一瞬《いっしゅん》残念そうな顔を見せたが、すぐに『まあ、楽しそうだしいいや！』と上機嫌《じょうきげん》に納得を示してくれた。

「おー。わかった。みんなとしょうぶすればいい？」

「そうだね。ひとまずは難《むずか》しく考えず、総当たりで自由にやってみてよ」

ひなたちゃんも乗り気だ。やることは練習というより遊戯《ゆうぎ》そのものなので、楽しみながら何度もトライしてもらえるだろう。

「では、始めましょうか。……ふふ、でも長谷川《はせがわ》さん」

「ん？」

「私、これ相当強いですよ。自信あるんです」

「おお、そうなのか。よし、ぜひその実力を見せてくれ」

紗季《さき》がここまではっきり宣言するのは珍しいな。よほど、過去に実績《じつせき》を積《つ》み上げてきたのだろう。

となると願《ねが》ってもない好都合だな。五人の中でいちばん紗季が強いという状況ならば、予想より早く理解が浸透する可能性を感じる。

「——はっけよーい、のこった！」

オリエンテーションはほどほどに、ゲーム開始。勝ち残り方式でどんどん対戦を繰《く》り返してもらう。

「ふぁ……!? ま、また負けちゃった……」

「紗季ちゃんすごい……。これで、十二人抜き？」

「ふふ、言ったでしょ。自信あるって」

言葉に違《たが》わず、紗季の実力は圧倒的だった。体格に勝る愛莉《あいり》も、パワーなら互角以上であろう智花《ともか》と真帆《まほ》も、まるで歯が立たず円からはじき出されていく。

「おのれちょーしにのりおって！ あたしが止めてやる！」

「真帆が一番弱いけどね、この中で」

「なんだとー！　そんなわけあるか！」

智花に替わり、輪《わ》の中へ入るや闘争心《とうそうしん》をむき出しにする真帆。

「おりゃ～……っとととと!?」

しかし、開始の合図と同時に繰《く》り出した渾身《こんしん》の張り手は、あえなく紗季に的を逸《そ》らされ空振りに終わる。

「焦りすぎよ、そんなことだからあんなにファウル……」

そのままバランスを崩しリングアウトしてしまった真帆に困り笑いを向け語りかける紗季だったが、途中でハッとして言葉を途切《とぎ》れさせる。

うん、やっぱり紗季が一番早く伝えたいことを呑《の》み込んでくれそうだ。

「うう、もう一回！　今のナシでもう一回！」

「真帆、一度じっくり紗季の戦いぶりを見てみよう。次はひなたちゃんだ」

「……はーい」

肩をがっくり落としてしゃがみ込む真帆と代わり、今度はひなたちゃんが戦いの舞台《ぶたい》に。

「ひながかなり強敵なのよね～」

「おー。まけないぞー」

紗季の困り笑いが示す通り、二番手の実力者は現状ひなたちゃんだろう。この二人《ふたり》の対決は、毎回独特な緊迫感《きんぱくかん》に包まれる。

「…………」

両手をやや前に突き出した体勢のまま、静かに相手の出方を探る紗季《さき》。いっぽうひなたちゃんはウサギの耳を真似《まね》るような独特のフォームで、ニコニコ顔の奥に気配《けはい》を隠している。

「やっ！」

一度目のコンタクト。紗季がひなたちゃんの掌《てのひら》を素早《すばや》く突くが、身体《からだ》の軸は二人《ふたり》ともまったく動いていない。

「ヒナはなんで押されてもぜんぜんへーきなんだろ？」

「……たぶん、余計な力が入っていないんだよ。衝撃《しょうげき》が肩から下に伝わらないよう、腕で受け流しているんだと思う」

不思議《ふしぎ》そうに呟《つぶや》く真帆《まほ》に、智花《ともか》が戦いから眼《め》を逸《そ》らさないまま答える。智花も、決定的な違いに気付き始めているようだ。

そう、このゲームで頭角を現している二人は、『構え』の部分で大きな差がある。智花と真帆と愛莉《あいり》は今まで、相手を力で押し出すことに気持ちが向きすぎていて、全身が一本の幹みたいになってしまっていた。

しかし紗季とひなたちゃんは違う。いわば、手は柳の枝葉。体幹から独立させ柔らかく使っているから、衝撃が来ても風になびくようにベクトルを外へ逃がすことができる。

「とー」

「……ん、危ない危ない」

一閃《いっせん》、ひなたちゃんが予備動作無しで攻撃《こうげき》。さして強烈な一打というわけではないのだが、攻めっ気を少しも表に出さないままいきなりだったので紗季もややドキリとしたようだ。

力は抜いている。でも、瞬時《しゅんじ》に動けるよう神経は末端まで行き届いている。この状態が、人間にとって最も盤石《ばんじゃく》な状態。どんな不慮《ふりょ》の攻守にも対応できる、最速の構えだ。

小麦粉が筋肉だとすれば、さしずめ水は全身に流れる血、そして関節。粉ばかりをつかっても、ただ硬く脆《もろ》い粘土のまがい物ができるだけ。外から加わる圧力を優《やさ》しく受け止め、小気味よく押し返す『コシ』は、水の柔らかさを絶妙な配分で取り入れなければ顕現《けんげん》しない。

たった三つの素材の足し引きでいかようにも姿を変えるうどんが。讃岐《さぬき》の大地が。今まで感覚だけでなんとなくこなしてきた人体の大原則をはっきりと認識《にんしき》させてくれた。

問題は、このいたってセンシティブなさじ加減を、どうやって短期間で子どもたちに伝えるか、だったが。

「そっか……。勝たなきゃ、倒さなきゃって思いすぎてカチコチになってたから、すぐバランス崩しちゃうんだな、あたし」

「いちどバランスを崩すと、もう自由に動けなくなっちゃうもんね……。そうなったら、相手の好きなようにやられちゃう。手押し相撲《ておずもう》でも……それに、バスケでも」

どうやら既に全員、覚醒《かくせい》への萌芽《ほうが》が始まっているようだ。真帆も愛莉も真意に気付いてくれて、いっそう顔つきが真剣になっている。

やはりみんな、感覚が鋭《するど》い。五人の吸収力があれば、座学やボールを使うより何度も繰《く》り返し『実践』の機会《きかい》を作れるこの方法が理解を深める最速手では……という読み。ばっちり当たりそうだ。

「そこ！」

「きゃー」

決着が付いた。最後は紗季《さき》が連続攻撃《こうげき》で戦いに焦《じ》れた感を装い、反撃に出ようと打ち返したひなたちゃんの手が伸びきったところで本命の一打をお見舞《みま》い。腕が一直線《いっちょくせん》になっている状況では、さすがにショックを吸収しきれない。見事な作戦勝ちの一本だ。

体の使い方は既に両者ともほぼパーフェクトなのだが、今のところ紗季の方が戦略性に勝《まさ》っているので優性《ゆうせい》となる。だけどひなたちゃんも非常に覚えが早い子なので、次やるときは紗季の技を吸収し、更なる強敵となっていることだろう。

「次はわたしだねっ。えへへ。少しずつ、やり方がわかってきたよ」

「ふふ、それは困ったわ。このまま無敗の女王として君臨《くんりん》し続けたかったのに」

間を置かず、次なる挑戦者として愛莉《あいり》が円の中に入っていく。早く掴《つか》んだ手応《てごた》えを確《たし》かなものとしたかったのだろう。普段《ふだん》の穏《おだ》やかな性格からすると意外なほどの積極性《せっきょくせい》だ。

「チャンス！　えいっ……………て、もしここで攻めたら反撃されちゃうんだよね」

「残念、バレてたのね。これはそろそろ追いつかれちゃうかもね……」

紗季の狙《ねら》いを看破し、攻めのモーションを寸止めする愛莉。うん、体幹の使い方にほとんどブレがなくなったし、身体《からだ》だけじゃなく心の方も力みが取れて、相手のことをよく観察《かんさつ》する余裕もできている。

最終的には紗季に軍配が上がったものの、この戦いもかなり拮抗《きっこう》した長期戦となった。意図は伝わったと見て間違いないし、そろそろ回転率を高めて場数を増やした方が良いかな。

確信《かくしん》を持って俺《おれ》はもう一つ地面に円を描き、土俵を二つに増やす。あとは習うより慣《な》れろだ。

「あっ……。ん〜、やっぱり反射神経勝負になるとトモには敵《かな》わないわね」

「ふふっ、やっと紗季に一勝できたよ」

「わはは、どーだヒナ！　あたしの勝ち〜」

「おー。まほ、とっても強くなった」

するとみるみるうちに五人の実力は拮抗。紗季も連戦連勝というわけにはいかなくなり、攻撃後に隙《すき》を見せなくなった智花《ともか》と真帆《まほ》のスピードが場を圧倒する場面も増えてくる。

「長谷川《はせがわ》さんっ。少しずつ、わかってきた気がします。明日《あした》、どういう風に戦えばいいか」

自信を回復させた愛莉に頷《うなず》く。手押《てお》し相撲《ずもう》からバスケに競技《きょうぎ》が変わっても、基本は同じだ。力みすぎず、体幹のバランスを常にフラットな位置に保っておけば不測の事態にもすぐ反応できるし、相手も罠《わな》を仕掛けづらくなる。

「この感覚をちゃんとバスケでも活《い》かせるか、少し心配ですが……」

「できるよ、大丈夫。今まで一年間基礎《きそ》をみっちり学んできたみんなだから、やるべき事は身体《からだ》が覚えている。身体の声をちゃんと聴《き》いて、それを頭で邪魔《じゃま》しようとさえしなければ、みんなのバスケの方が、絶対に強い」

月並みすぎる言葉だが、やっぱり努力は人を裏切らないのだ。後はただ、自分の中に蓄えられた力の使い方を間違わなければ良いだけ。

東川《ひがしかわ》さんと松島《まつしま》さんの体格と才能が群を抜いているのは事実だけど、スポーツはそれだけじゃ足りないということを、みんなが証明してくれるはず。

仮にもし通用しなかったとしたら、それは努力の方向が間違っていた場合だろう。つまり、指導者《しどうしゃ》が悪い。俺《おれ》の全責任だ。

そうではないと。慧心女《けいしんじょ》バスと共に、俺たちは肩を並べて成長してきたと確《たし》かめるためにも、明日《あした》は『コーチ、長谷川昴《はせがわすばる》』にとっても集大成。最後の試金石《しきんせき》となるゲームに違いない。

「はい。昴さんが教えて下さったこと全部を使って、必ず勝ってきます」

頼もしい智花《ともか》の笑顔《えがお》に、俺の顔もまた自然と綻《ほころ》ぶ。

「よし。もう目的は果たせたし、手押《てお》し相撲《ずもう》はこれくらいにして帰ろうか」

「いんや、ちょっと待った！」

満足感を露《あら》わにそう伝えたところ、真帆《まほ》から制止の声が。

「もう少し続けたぃ？」

「ていうか、まだ対決してない相手がいるではないか！　すばるん、あたしと勝負だ！」

「ああ、そういえば……」

指摘されて気付いたが、俺も加われば六人だったから後半は一気に三試合ずつ回すこともできたんだな。ただ、その場合待機《たいき》メンバーがいないから入れ替えに時間がかかってかえって非効率だった可能性もあるけど。

なんにせよ、真帆の希望なら受けてあげるか。

「よし、いいよ。待ったなしの一本勝負で」

「くふふ、そうこなくっちゃ！」

快諾《かいだく》を示して、土俵の中へ。お互い軽く両手を前に出して臨戦《りんせん》態勢を取る。

「おっし、いくぞ！　はっけよ〜い」

真帆自身による開始の合図。まずは急がずに出方を窺《うかが》っておくか。

「のこった！」

「………えっ？」

という呑気《のんき》なプランは、出端《でばな》から白紙となった。かけ声と同時、真帆がジャンプ一番、俺の腰めがけて飛びついてきたのだ。

ええと、これは。

「真帆《まほ》、動いたら負けだよ……？」

「いーのいーの。……すばるん、いつもありがと」

頬《ほお》を染めながら俺《おれ》のおなかにぎゅっと頬をあてる真帆を見下ろして、なんだか胸の奥がきゅっと痺《しび》れるような感覚を味わう。

「いつでもあたしたちのことを助けてくれて、ありがと。すばるんに会えて、本当によかった」

「……真帆」

冥利《みようり》に尽きるとは、このこと以外に何があろう。ふわりと花のような香りが漂ってきてどきどきしてしまうけど、今は黙《だま》ってされるがまま佇《たたず》む。

「……わ、ひなたちゃん」

「おー。まほ、ずるいー」

すると、頬を膨《ふく》らませながらひなたちゃんも真帆の隣《となり》から俺の胴に手を回す。

「ひなも、おにーちゃんに会えて、ばすけを教えてもらえたから、毎日がもっともっとたのしくなったよ。ありがとう」

いつもなら、きっと躊躇《ちゆうちよ》してしまっただろう。けど、今日《きよう》だけは許して下さいと心の中で誰《だれ》にともなく念じて、そっと二人《ふたり》の肩に手を添える。

休部事件に巻き込まれてしまったときは、自分の不運を呪《のろ》ってしまったけど。

違ったな。こんなに幸せなバスケがいつも傍《そば》にある人生、地球《ちきゆう》全部を探したって他《ほか》には見つからないほどの幸運に違いない。

「わ、わたしもとってもとっても感謝《かんしゃ》していますっ。臆病《おくびょう》で、何もできなかったわたしが、バスケと長谷川《はせがわ》さんのおかげで、変わることができましたっ」

「私もです！　昴《すばる》さんと出会えなかったら、今ごろもう、私はきっとバスケを諦《あきら》めてしまっていました。私のバスケは、昴さんのバスケですっ」

さらに、愛莉《あいり》と智花《ともか》も駆け寄って、ぎゅっと輪《わ》に加わってくれる。ああ、なんだか涙が出てきそうなほどに嬉《うれ》しい。

「……おいサキ、早く来なよ」

「わ、私はそういうの」

「そのパターン前もやったから。どうせ来るんだしメンドーな迷ったフリしなくていいから」

「う、うるさいわね！　わかったわよ！」

真帆《まほ》の呆《あき》れ声《ごえ》に対する抗議《こうぎ》とは裏腹に、紗季《さき》が全力ダッシュで走ってくる。五人揃《そろ》って慕ってくれている事実に、さらなる感動を覚えずにはいられない。

……でも、この流れはおそらく。

「長谷川さんっ！　ふつつかものですがっ！」

「紗季――うわっと!?」

ずしん、というダメ押しの衝撃《しょうげき》。わかっていても五人分の身体《からだ》は支えきれず、不覚にも土で足を滑らせ仰向《あおむ》けに倒れ込んでしまった。

「きゃー」

「はうっ⁉」

「ふぇっ⁉」

その上になだれ込んでくる子どもたち。どんな物理法則の悪戯《いたずら》なのか、全員が俺の胴の上にすとんと馬乗りになってしまった。

「こらサキ！　わざとか⁉」

「違うわよ！　ご、ごめんなさい長谷川さん……！」

「い、いやいやこっちこそごめん……！」

慌てて首を持ち上げ謝《あやま》るものの、紗季が何番目に乗っかっているのかわからなくて表情までは覗《うかが》えない。

「ふふっ」

代わりに一番近い位置にいる智花が、穏《おだ》やかに微笑《ほほえ》んでくれた。

「昴さん。明日《あした》、必ず勝ちますね」

「うん、期待してる。みんなら絶対に大丈夫」

木枯《こが》らしが強く吹くが、不思議《ふしぎ》と寒さなんて感じない。

この五人といっしょにいる時は、いつでも心が温かだ。

「お、見つけた。にゃはは、みんなここにいたか～。監督《かんとく》さんに今晩の夕食はうどん以外にした方が良いか訊《き》かれたんだけどどうす…………る？」

――そんな想《おも》いが叔母《おば》によって瞬間《しゅんかん》冷却されるケースも、たびたび起こってしまうのだけど。

「……昴《すばる》。お前すごいな、ある意味。舌の根も乾かぬうちに、お天道様《てんとさま》の下で堂々とまあ」

俺《おれ》のつむじの前に立ち、逆光を纏《まと》いながらミホ姉《ねえ》が機械《きかい》のような笑《え》みを浮かべる。

パンツまる見えだと伝えたら隙《すき》ができるかな。逆効果間違いなしだな、やめておこう。

「ミホ姉、話を聞いてくれ」

やむなく子どもたちをおなかに乗せたまま、ありったけの誠意を込めて釈明を試みる。

「おう、お前が少年院に入ったらときどき面会くらいには行ってやんよ」

「ふご!?」

踏まれた。顔を。土足で。

おかしい。さっきひなたちゃんに踏んでもらったときは天にも昇る心地《ここち》よさだったのに、今は死線《しせん》しか見えない。この差はなんだ。

やはり、料理を美味《おい》しくする最高のスパイスは『まごころ』なのかな。

そういう問題じゃないか。

RO-KYU-BU!

scene.4

【名前】永塚紗季
(ながつかさき)

【生年月日】7/1

【血液型】O

【身長】148cm

【クラス】6年C組

【所属係】クラス委員長

【理想のバレンタイン・デート♥】

そうですね、あまり
騒がしいのは
得意じゃないので。
いっしょに
お好み焼きを
作りたいです。
共同作業で……。

「では、早速始めようか」

ストレッチの全メニューを消化するや、監督《かんとく》さんが広く周りを見渡して静かに告げた。

いよいよ、八栗《やくり》ドレッドノータスとの合同練習最終日。そして互いの全能力を懸《か》けた決戦の時が幕を開ける。

なぜか俺《おれ》自身が抵当に充《あ》てられてしまったことも、ミホ姉《ねえ》に踏みにじられた鼻先の痛みもひとまず忘れ、チーム慧心《けいしん》の一員として今はただこのエキシビションマッチに全神経を集中させなければ。

「長谷川《はせがわ》コーチ。教え子さんたちサクッとボコボコにしますけど、悲しまないで下さいねっ」

「あとで私たちが慰《なぐさ》めてあげますから。全身で♪」

立ち上がり、輪《わ》を作る俺たち五人の真ん前に我が物顔でやって来て、ずいぶんな売り言葉をぶつけてくる東川《ひがしかわ》さんと松島《まつしま》さん。

『…………』

だけど智花《ともか》たちは皆知らん顔で軽く目を閉じ、深呼吸を続けている。気負いなく、でも余計な雑音になんて惑わされない究極の集中状態であることが、容易に見て取れた。

ある意味では二人《ふたり》に感謝《かんしゃ》しよう。もしかしたら今日《きょう》、幾多経験《けいけん》してきたクラッチタイムすら超える、慧心女バスの再進化が日の目を見るかもしれない。

これで全く歯が立たないというのなら、その時は十年後くらいに日本女子《にほんじよし》バスケがオリンピックで金メダルを獲得《かくとく》してしまうだろう。

まあ、それも東川さんと松島さんがこのままバスケを続けていればの話だけど。

お世話になった監督さんへの恩返しもある。続けさせてみせよう。今日、はっきりと挫折《ざせつ》を経験してもらい、それを糧《かて》にすることで。

「勝負下着も買ってきたんですよぉ、コーチ」

「今は脱いじゃいましたけど。あっ、でも汗が染み込んでる方が好きなら試合中も着けて蒸《む》らしておきますけど――」

「ごめん、これから最後のミーティングするから、席を外してもらえないかな?」

ちょっと冷たさが混じる言い方になってしまったけど、仕方ない。ここからは俺も全身全霊《ぜんしんぜんれい》をバスケに向けなければ。

いちいちトンデモ発言にずっこけてる時間は終わりだ。

「む、ノリ悪ーい」

「……後悔しますよーコーチ。十点差くらいで勘弁してあげようかと思ってたけど、ダブルスコア、トリプルスコア……それ以上差が付いておチビちゃんたちが泣いてもしーらない」

眉間《みけん》に皺《しわ》を寄せつつ、踵《きびす》を返す二人。やっと円陣に静寂が戻ってきた。

「……下着脱いじゃったって、あいつら今パンツはいてないのかな」

「確《たし》かめてみる？　転んだふりしてショーパン引きずり降ろして」

ちらりと東川《ひがしかわ》さんたちの後ろ姿を確認《かくにん》してから、真面目《まじめ》な顔で相談《そうだん》を始める真帆《まほ》と紗季《さき》。

冷静なのがちょっとだけ逆に怖いな……。

「こらこら。ミニバスケットボールのスローガンはなんだったけ？」

「おー。ゆうじょう」

「ほほえみ」

「フェアプレー。ですね」

苦笑と共に窘《たしな》めると、ひなたちゃん、愛莉《あいり》、智花《ともか》の順で答えをリレーしてくれた。『あ……』と顔を見合わせ、可愛《かわい》らしく舌を出す紗季と真帆。

「ふふ。そうでした、ごめんなさい」

「にしても、あいつらミゴトに三つとも全部ないな」

あはは……。確かに、いろいろ逆行している感じはあるなあ。ファウルトラップを仕掛けること自体は、別にアンフェアとまでは言わないけれども。

「じゃあ尚更《なおさら》、見せてあげようよ。本当のミニバスケットボールってやつをさ」

わざと不敵な表情を作って一人一人《ひとりひとり》の目を見つめていくと、静かに自信に溢《あふ》れた頷《うなず》きで応じてくれる。

そして一つ、また一つと円の中心に向けて伸ばされる右手。俺《おれ》も一番上に、自らの掌《てのひら》と信頼を重ねる。

「慧心女《けいしんじょ》バスっ、ファイト！」

『おー！』

智花のかけ声を合図に、揃《そろ》う六つの声。アウタージャージを脱ぎ捨て、白と水色《みずいろ》のチームカラーに包まれた慧心学園《けいしんがくえん》初等部女子ミニバスケットボール部のユニフォームが、再び光溢れるコートの上で躍《おど》る。

最後にほんの少しだけ方針を確認《かくにん》し合い、俺は満を持してみんなを送り出した。

慧心　0-0　八栗《やくり》

「昨日《きのう》決めた通り、試合時間は十分間の一セット勝負。タイムアウトはお互い一回だけ可。メンバー交代は不可。それ以外は通常通りのミニバスルールだ」

センターコートに整列《せいれつ》した十人の前で、監督《かんとく》さんが改めて方式を確認する。十分というのは通常の一クォーターよりも長いものの、前後半の区切りすらないこのルールだと、おそらく開幕から死力を尽くしたスプリント勝負となるだろう。

「5ファウルで退場者出たらどうすんの？　くくっ、一昨日《おととい》の感じだと間違いなく出そうだけど？」

「その時は四人で戦うわ。もし、出たらの話だけどね」

挑発心丸だしで顎《あご》を持ち上げる松島《まつしま》さんに、紗季《さき》がすまし顔で返答。うん、良い感じでニュートラルな感情をキープできているな。

「……なんか、ナマイキ。いーよ、そっちがそんな態度なら今日《きょう》はちょっとだけ本気出してあげる。さーて、十分で何点差付けられるかなぁ。……ゆーな、ジャンプボール私やるね」

「わお、肉食系」

むしろ、僅《わず》かながら東川《ひがしかわ》さんの苛立《いらだ》ちが目に付くくらいだ。別にささやき戦術《トラッシュトーク》を仕掛けたわけでもないのだから、これでプレーに支障が出たとしてもただの自滅だろう。

ま、そんなヤワなメンタルの持ち主ではなさそうだけど。

「アイリーン、よろしくな」

「……うんっ」

慧心《けいしん》はもちろん奇策など用いず、安定の愛莉《あいり》。そもそも純粋な高さ勝負で奇策なんてあるわけないいんだけど。

「では、ティップオフだ」

『よろしくお願《ねが》いします！』

礼を交わし、愛莉と東川さんに攻守決定戦を託してセンターサークルを囲む両メンバー。監《かん》督《とく》さんが、コートの中心でボールを掌《てのひら》に乗せる。

——ピッ。

ホイッスルが響《ひび》き、試合開始。真上に放《ほう》り投げられたオレンジの球体目がけて、二人《ふたり》が飛び上がる。

「ふん、楽勝ッ!」

勝ったのは……東川さん。愛莉はやや反応が遅れ、身長のアドバンテージを活《い》かすことができなかった。弾《はじ》かれたボールは一直線《いっちょくせん》に松島さんの方へ飛んでいく。

「さすが灯《あかり》、ナイスパ——」

「くふふ、ナイスパ～ス!」

「——っ!?」

しかしボールを押さえたのは、真帆《まほ》! 松島さんの足許《あしもと》から身を低くしてにじり寄り、絶妙なタイミングでインターセプトを決めてみせてくれた。

よっし、ドンズバ。絵に描《か》いたような一昨日《おととい》の意趣返《いしゅがえ》しが決まったな。わざと愛莉にジャン、、、、、、、プボールを捨てさせた甲斐《かい》があった。

実はさっき、もし仮に東川さんか松島さんのどちらかがジャンパーになったら、一発狙《ねら》ってみようと打ち合わせておいたのだ。

もちろん通常であればこんなリスクは取らない。しかし、今回に限ってはあまりにも明白だったからな。東川さんがジャンパーなら松島さんに、松島さんがジャンパーなら東川さんに向けてボールを弾《はじ》くであろうと、九分九厘確信《くぶくりんかくしん》があった。

逆に言うなら、誰《だれ》の前に立てば容易《たやす》くパスカットできるかが初めからわかっていたということだ。ノーリスクに近い確率で二人《ふたり》の心理に揺さぶりをかけられるなら、試さない手はない。

「よっしゃ、今日《きょう》のあたしはキレッキレだぜ！」

加えて、真帆《まほ》は追い風を受けてどんどんパフォーマンスを上げていくタイプ。序盤《じょばん》からスタートダッシュを決めたいこの試合形式において、見えているエナジー補給ポイントを逃《のが》すなんてあまりにも勿体《もったい》ない。

「ちょーしのんなあほガキ、すぐ取り返すっつーの」

そのまま速攻といければなおよかったが、さすがに見逃してはもらえず。ドリブルで敵陣を目指す真帆の前に東川《ひがしかわ》さんが回り込み立ちはだかる。

「…………」

一旦《いったん》パスを求めるようなそぶりを見せながら、言葉を呑《の》み込み紗季《さき》が逆サイドに陣取った。

今は真帆に任せておいて大丈夫という判断だろう。俺《おれ》も同感だ。

「さーて、どっちに攻めようかなー」

「早くしなよ。どっちでも同じだから」

ドリブルを継続しながら足を止め、隙《すき》を窺《うかが》う真帆。東川さんも腰を低く落とし、即座に反応できるよう鋭《するど》く睨《にら》みを利かせる。

あまり真面目《まじめ》に練習してなさそうなのに、フォームとかすごく理にかなってるんだよな。これもセンスの賜《たまもの》だろうか。

ちら、と真帆が視線《しせん》を左に向ける。それを見逃さずほんの幽《かす》かに、同じ方向へと肩を揺らす東川さん。

「——っし！」

しかし、真帆の動きは陽動。視線だけのフェイクで体勢を崩してから、狙《ねら》い澄《す》まして反対方向へのドライブ。

「バレバレだばーかッ！」

片や東川さんの反応もまた、次の動作に向けた伏線だった。気配《けはい》を見せたのはコンマ数秒の間だけ。真帆が切り込んだ時にはもう、その身体《からだ》は元の位置、それどころか反対側へと傾き始めている。このままだと互いの進行方向が重なり、受ける側がファウルを演出する絶好の機会《きかい》が訪れてしまう。

もし真帆が、本当にドライブで抜き去るつもりだった場合は、だけどな。

「バレバレなのはどっちだっつーの！」

「な……？」

らしくない、というべきか。今の東川さんの誘いは一昨日《おととい》に比べてわざとらしすぎた。少し焦りもあったのかもしれない。騙《だま》されたと見せかけて騙す、という状況を作り出したい気持ちが前に出すぎていて、真帆《まほ》の狙《ねら》いにはもう一段先があることを、読み切れなかったようだ。

「いけ、もっかん！」

「うん、まかせてっ！」

　真の攻め手は、ドライブではなくパス。しかも通した場所は東川《ひがしかわ》さんの股《また》の間だ。相手が横に方向転換してくることまで読み切ってなければ足に当たっていたであろう絶妙な位置を、真帆は鋭《するど》く射貫《いぬ》いてみせた。

　常に張らず緩《ゆる》めずで体幹の均衡《きんこう》を動かさず、前に出ながら重心は真ん中に保っていたからこそ可能となる、急転直下のスイッチアクションだ。

　意識的《いしきてき》に柔らかく身体《からだ》を使うことの恩恵は、こういう場面でも大いに活《い》きる。

「智花《ともか》ちゃんナイッシュ！」

　低い弾道のパスは東川さんのみならず相手全員の虚を突き、ボールを受けた智花はほぼほぼノーマークでレイアップを決めて愛莉《あいり》とハイタッチ。見事貴重な先取点を掴《つか》み取ってくれた。

　アイコンタクトすらなしで真帆の意図を汲《く》み取り、バトンを繋《つな》いだ智花もまた素晴《すば》らしい。

　これぞ、一年間共に切磋《せっさ》琢磨《たくま》し合った重み。経験《けいけん》が、五人の意志をテレパシーのようにタイムラグゼロで共有させてくれる。

「ちょっとばかり先にデカくなったからってユダンしすぎだ。足許《あしもと》がお留守だよん」

「……こいつ、絶対泣かせる」

連続で真帆に翻弄《ほんろう》されて、東川さんの怒りはもはや誰《だれ》の眼《め》にも明らかだ。あれほど感情が尖《とが》った状態で前みたいな余裕綽々《よゆうしやくしやく》に構えたプレーを繰《く》り出すのは、常識的《じようしきてき》に考えれば難《むずか》しそうだが、さて。

なんにせよ、まだ油断なんてできるはずもない。一人《ひとり》を押さえ込めば勝てる相手だったなら、別段攻略法に悩む必要もなかった。

「灯台もと暗し。……灯《あかり》だけに。きゃはは♪」

「うるせー！　オヤジギャグかよ！」

「はいはいちょっと休んでな。バスケにアツくなるなんてらしくないよん」

「あっ!?　待てこらゆーなっ！」

東川さんからもぎ取るようにボールを確保《かくほ》し、単身攻め入ってくる松島《まつしま》さん。

ここでまた翻弄されたら、東川さんのボルテージも平常に戻ってしまうだろう。このディフエンス、早くもゲームの行く末を大きく左右する鍵《かぎ》となりそうだ。

「――行かせませんっ」

「ま、当然そうくるよね」

マークに付いたのは愛莉。正攻法で、松島さんの持つ高さのアドバンテージをまずは削る。

「ほらほら、そんな弱気じゃ押し込まれちゃうよん！」

「んっ……！」

松島《まつしま》さんは迷わずパワープレーで愛莉《あいり》をぐいぐい征圧しようとする。ほんの紙一重加減を間違えば、自分がファウルを取られてしまうほどの力業《ちからわざ》。だからこそ、前回は一転巻き返しを図ろうとした瞬間《しゅんかん》を狙《ねら》われた。

「ん、あれ……？」

しかし、あの時のように上手《うま》くはいかない。

松島さんが何度前進気勢を見せようと、愛莉の身体《からだ》は動かず。ポストラインに迫ることすら許さない。

手押《てお》し相撲《ずもう》と同じ原理だ。こちらから押し返そうとすればするほど、関節が固まり衝撃《しょうげき》が足の先まで伝わってしまう。そうなれば当然、身体が伸びきったところを攻められ踏ん張りきれずたたらを踏んだり、軸をずらされバランスが崩れ、ファウルトラップの餌食《えじき》になってしまったりする。

それを防ぐためには、上半身で衝撃を外に受け流してしまえば良い。一見矛盾《むじゅん》しているようだが、適度に力を抜いて『遊び』を持たせた方が、結果的には強いのだ。

巨木が倒れるような突風が吹いても、稲穂は衝撃を受け流し大地に根を張り続けるのと違わぬように。

「すごいなコーチさん。身体使いが見違えた。この短い期間でどうアドバイスしたんだい？力むなって言ったってそうそう上手くはいかないだろう。むしろ意識《いしき》しすぎて逆効果にだって

った。

審判《しんぱん》としての眼《め》をコートから離《はな》さないままで、監督《かんとく》さんがこっそりと感嘆の声をあげて下さ

なりかねない」

「監督さんのおかげです。うどんの教え、しっかりと受け止めました」

これを機《き》と、今まで伝えそびれていたお礼の言葉を口にする。本当に、いくら感謝《かんしゃ》してもし

きれない。おかげでコーチとして、皆にバスケ……いや、それに留《とど》まらず運動法則の根源に繋《つな》

がるスキルの新たな切り口を伝え残すことができたのだから。

「うどんの教え……ってなんだい？」

「もちろん、監督さんの『うどんからバスケを学べ』というメッセージです」

「えっ？」

「えっ？」

おかしいな、どうも話が嚙《か》み合わない。

「そのために、俺《おれ》にうどんを打ってみるようアドバイスして下さったんですよね？」

「いや、あれは言った通り、気分転換にでもなればと」

「……………」

「……………」

まさか、そのままの意味だったのか。

じゃあ俺《おれ》が聞いたあの覚醒《かくせい》の声って、ただの勘違いから生まれたもの……？

「コーチさん。君はもしかしたら、選手としてだけじゃなく指導者《しどうしゃ》としてもものすごい才能の持ち主なのかもしれないね……」

溜息《ためいき》交じりで頭を掻《か》く監督《かんとく》さん。褒《ほ》めて頂けているような、通り越して呆《あき》れられてしまったような、どちらとも取れる響《ひび》きだった。

……まあ、いいか。結果的に、五人の動きに安定感が増したのは事実なのだから。

「なんで、ビクともしないわけっ……!?」

「っ!?」

局面が動いた。ついに松島《まつしま》さんの苛烈《かれつ》なアタックが、愛莉《あいり》を仰向《あおむ》けに吹き飛ばした。

だが、これは。

『黄、7番、チャージング！』

「な、私ッスか!?」

「当たり前だろう！　誰《だれ》がどう見てもオフェンスファウルだ！」

愛莉は倒されたというより、自らここぞと倒れ込んだ形。あの勢いでぶつかられたら間違いなくファウルになると確信《かくしん》し、耐える必要すらないと判断したのだ。

またしても、意趣返《いしゅがえ》しが成立。愛莉を精神的に縛《しば》るため反則を犯させたかったはずの松島さんが、自らの判断ミスで逆にファウルを累積《るいせき》させる形となった。ただ二点を防いだのみならず、未来のスコアを大量に引き寄せるファインプレイだ。

「あいり、痛くない？」

「うんっ、平気だよひなちゃん」

差し出された手を微笑《ほほえ》みながら握り返し、何事もなかったかのように立ち上がる愛莉。

本当に、強くなったな……。その頼もしい背中から、眩《まぶ》しさのようなものすら感じずにはいられない。

「さあ、しっかり決めて四点差にしちゃいましょ！」

ターンオーバーとなり、紗季《さき》がみんなを鼓舞《こぶ》しながらじっくりとドリブルで進攻していく。

「おうよ！　こいサキ！」

「こっちも準備できてるよ！」

合わせて、一気にインサイド目がけて走り込む真帆《まほ》と智花《ともか》。

「誰がいつまでも調子《ちょうし》に乗らせるかよ！」

「チビスケたちが自惚《うぬぼ》れるなっ！」

させじと後を追う東川《ひがしかわ》さんと松島さん。インサイドの激《はげ》しい激突《げきとつ》を予感し、誰もが緊張感《きんちょうかん》を溢《あふ》れさせる。

紗季の、本当の狙《ねら》いには気付かないままで。

「あら。ガードの仕事はパスだけじゃないのよ？」

アイガードがキラリと光る。

「うっ!?」

マークマンが紗季《さき》以外の選手の動きを確認《かくにん》した一瞬《いっしゅん》の隙《すき》を突き、放たれるロングシュート。

精密機械《きかい》の描くような放物線《ほうぶつせん》が、垂直にリングを射貫《いぬ》く。

「ふふ。理《ことわり》の彼岸《ひがん》を穿《うが》つファンタ……ファンタ……グレープ………んーと、なんだっけ？　どうでもいいけど」

さして驚喜《きょうき》することすらなく、淡々と守備に戻っていく紗季。ボールを離《はな》した瞬間、経験《けいけん》が教えてくれていたのだろう。このフォームと軌道で打てたのなら、外れるわけがないと。

それだけの数を、黙々《もくもく》と練習の度《たび》に繰《く》り返し放ち続けてきたシュートなのだから。

「なんか、なんか調子《ちょうし》狂うな、この試合」

ドリブルで一直線に向かっていく東川《ひがしかわ》さんだったが、明らかにそれまで溢《あふ》れかえっていた自信の色が淀《よど》んでいる。

二人《ふたり》の強さ、上手《うま》さは、ある意味精神的呪縛《じゅばく》を根源としていた。能力の差で圧倒するというより（もちろん純粋な力もかなりのものだが）、相手に普段通《ふだんどお》りの実力を発揮させない心理操《そう》作《さ》でアドバンテージを生み出していた面が少なからずある。

だからこうして、陽動をものともせず平常心で柔軟に対応されたことがあまりないのではないか。

その読みが当たっていれば、二人の機能麻痺《まひ》はかなり長引く。なんせ、調子の底から自らを立て直す方法なんて、知る由《よし》もないわけで。

これで今のところ、4—0のストレート。

ふと思い返せば、慧心女《けいしんじょ》バスは常によきライバルに恵まれ、試合という試合が毎回接戦ばかりだった。

だから、そろそろ一度くらい経験してもバチは当たらないんじゃないかな。

完膚《かんぷ》なきまでの圧勝というやつで、大きな自信を付けるのも頃合《ころあ》いだろう。

……なんて、な。

「くっそ、今度こそ能力の違いを思い知らせてやる！」

またしても松島《まつしま》さんは単身、強引に愛莉《あいり》の正面突破を図ろうとする。

「ゆーなっ！　こっち！」

「っ!?」

が、不意に浴びせられたとびきり大きな叫び声を聞くや、決着が付く前にくるりと身を翻《ひるがえ》してボールを手放した。パス、というよりびっくりして条件反射的に出してしまったと言った方が適切かもしれない。

「っ！」

受け取ったのは、キャプテンの石塚《いしづか》さんだった。

「ガードの仕事はパスだけじゃない。その通りだよね……！」

即座に放たれるシュート。マークが外れていたわけではないが、ノータイムで打ったことが逆にフェイントとして機能《きのう》する。

「……………うまいな。やっぱ」

多くの視線《しせん》に見守られたボールは、リングの中でガツガツと跳ねてから内側をすとんと落ちた。シュート成功。その事実に驚《おどろ》きの色を示す選手は、一人《ひとり》もいない。

わかっていた。当然気付いていたさ。

まるまる二日、共に練習してきたのだ。

八栗《やくり》ドレッドノータスは、断じて東川《ひがしかわ》さんと松島《まつしま》さん二人《ふたり》だけのチームなんかじゃないって、慧心《けいしん》の誰《だれ》もがとっくに知っている。

慧心　4－2　八栗

すごいのは誰かと問われれば、東川さんと松島さんと答えるだろう。

でも、『上手《うま》いのは』という質問ならば、残りのスタメン……いや、ベンチメンバーも含めた全構成員、という返事が妥当かもしれない。

ツインタワーでもなければ、巧《たく》みなファウルトラップでもなく。

相対《あいたい》する側にとってそれらの武器を凌駕《りょうが》するほど恐ろしいのは、総合力の高さ。そう結論《けつろん》づけても、恐らく過言ではない。

「……へー。やるじゃん、いっしー」

本気で意外そうに、石塚《いしづか》さんの肩をぽんと叩《たた》く東川さん。

「えへへ、入ってよかった……。これで外したら二人に申し訳なさすぎて、ドキドキだったよ」

「――キャプテン、ナイッシュ！」

「ありがと！ 慧心さん、強いね。灯《あかり》とゆーなのこと少しでもサポートしてあげられるよう、みんなでがんばろう！」

「うんっ！ 全力で、自分たちにできることをやらないと！」

「せっかく試合に出させてもらってるんだから、いつまでもお荷物じゃダメだよね……！」

キャプテンの激励《げきれい》に、力強く返事する背番号5と6を背負ったメンバーたち。

石塚さんも含めガードの役割を果たしているこの三人、目立つ機会《きかい》は少ないがとにかく基礎《きそ》力《りょく》が高い。パス、ドリブル、攻守のポジショニング。そして練習で確認《かくにん》したシュート精度。どれを取っても、硯谷《すずりだに》とがっぷり四つに渡りあえるだけの能力を誇っている。

さすがは監督《かんとく》さんが丹精込めて育て上げたチーム。あの神がかったうどんに匹敵するほどの緻密《ちみつ》さと、ムラのない選手層だ。

もしかすると、両ビッグマンの存在がハデすぎて自分たちですらそのポテンシャルに気付かないままここまで戦ってきたのかもしれないけど。

「問題児二人《ふたり》をスタメンで使い続けてる理由、これもあるんだよなぁ……。なぜかやたら羨望《せんぼう》されてるから、出せるだけコートに出しておかないと士気に関《かか》わるんだ」

しみじみと呟《つぶや》く監督《かんとく》さん。

「やっぱり、二人のプレーには華《はな》があるから……でしょうか」

「それも理由かもしれないが、単に憧《あこが》れてしまってるみたいだな。成長が早くて、飄々《ひょうひょう》として、自信たっぷりで、取り組み方に問題はあるにせよなんでもすぐモノにしちまう。まるで漫画の主役みたいで、かっこいいんだとさ」

なるほど、な……。少し皮肉にも、天才への憧れが、一丸となった努力の結実に繋《つな》がったというわけか。

となると、事前に取り決めた『メンバー交代なし』というルール、むしろこちら側に有利な要素になってしまったかもしれない。

練習をさらに思い起こしてみても、東川《ひがしかわ》さん、松島《まつしま》さんが居るより、例えばあの9番と10番を付けたベンチメンバーを加えた五人の方が、明確《めいかく》に突くべき穴が見当たらなくて長期的には戦い辛《づら》かったかも。

まあそれも、二人がこのまま停滞し続けていてくれるなら、だけど。

「真帆《まほ》！」

「ゴチになりやす！」

攻撃《こうげき》は智花《ともか》と真帆のコンビプレイが決まり、差は再び4点に開く。しかしここで集中力を途《と》切《ぎ》れさせるわけにはいかない。

「しっかり守りきろうっ！」

「おー」

もちろん油断とはいつでも無縁《むえん》な子たちだからその手の心配はしてないけど。

それよりも、気を吐いたガードの三人がどう攻勢に加わってくるかの方が気になる。

「灯《あかり》、ゆーな、両ポストに入って！」

「ん、アレやるの？」

「アレ地味なんだよなぁ。ま、楽だからいいけど！」

嫌《いや》な予感は当たるもので、石塚《いしづか》さんの指示により東川さんと松島さんは左右のポストラインへ。至極まっとうなツインタワー。定石《じょうせき》過ぎる定石だが、有効だからこそずっと使われ続けている布陣でもあるわけで。

「華々しく蹴《け》散《ち》らしてやるつもりだったんだけどなぁ。これ以上小癪《こしゃく》な真似《まね》されてもストレス溜《た》まるし、さっさと終わらすわ」

「せめて、一人《ひとり》だけでも抑えきらないと……！」

ボールを受けた東川さんには愛莉《あいり》が単身で受けて立つ。ここまでは問題ないのだが……。

「灯《あかり》、へいへい！」

「ミスんなよ～！」

こうしてセンターを引き付けられた後で松島《まつしま》さんにパスを出されたときが厄介《やっかい》だ。基本のポジション通りだと真帆《まほ》がマークマンとなり、身長差で強烈なミスマッチになってしまう。

「ぐむむ、抜かせないっ！」

「抜く必要もないけどね♪」

あとはある程度ゴールまでの距離《きょり》を詰めたところから、ジャンプシュートを放つだけ。ドライブ対策はともかく、ブロックショットを決めるのは物理的に不可能だ。

「うし」

難《なん》なく得点を奪われ、また二点差。加えて終始優位《ゆうい》に攻撃《こうげき》を進められたことで、東川《ひがしかわ》さんと松島さんの表情にいくらか余裕が戻ってしまった。

「愛莉《あいり》、お願《ねが》い！」

「うんっ」

素早《すばや》く流れを断ち切るため、自身のドライブからシュートと見せかけてパスを出し、紗季《さき》がうまく敵陣を出し抜く。インサイドに切り込んでボールを受けた愛莉はほぼフリーの状況だ。これはまず外さない。

「させるかっ！」

そんな確信《かくしん》を、東川さんの超絶な運動神経が覆《くつがえ》す。ボールが指先から離《はな》れるか離れないかのタイミングで逆サイドから駆けつけ、全身を弓反《ゆみぞ》りにした渾身《こんしん》のブロックショットで迎撃を狙《ねら》われてしまった。

「お願い、入って!」

「外れるだろ。外れろ!」

辛《から》くも、直接たたき落とされることはなかった。しかし、愛莉の表情とやけにふわふわしたシュートの弾道からして、

「おっし、そうこなくちゃ」

どうやらほんの指先だけ、僅《わず》かに引っかけられてしまっていたようだ。ボールはリングの上でバウンドし、外にこぼれて東川さんの手の中へすっぽりと収まる。

まずいな、連続で活躍《かつやく》を許してしまった。早々にツインタワー対策を打ち出さないと、点差だけでなく精神面でのアドバンテージも薄《うす》くなる。

まあ、切るカードは決まっているんだけど。

「おー。ひなのでばん」

「………………は?」

俺《おれ》が声を出すまでもなく、自発的に真帆とひなたちゃんが守備配置を入れ替わる。つまり愛莉が東川さん、ひなたちゃんが松島さんを迎《むか》え撃《う》つ陣形。

そう。これこそが、過去築き上げた慧心《けいしん》のツインタワー対策だ。

「おーいゆーな、ナメられてるなー」

「ナメられてるなー。ボール貸して」

真顔でひなたちゃんを睨《にら》み付ける松島《まつしま》さんにパスが委《ゆだ》ねられる。なにしろ最も身長差が生まれるマッチアップだ。そう思われるのも無理はないか。初見《しょけん》のうちは。

さあひなたちゃん、度肝を抜いてやろう。

「ひなも、なめられてますなー」

「え、ちょ。何その守り方……?」

高い位置でボールをキープし、あっさりシュートで片を付けるつもりだったのであろう松島さんが、窮屈《きゅうくつ》そうに眉《まゆ》をひそめる。ひなたちゃんがぐっと身を屈《かが》めて姿勢を落とし、腰回りにまとわりつく密着ディフェンスを仕掛けたことで、下半身の動きが大きく制限されてしまったせいだ。

こうして飛ぶスペースをつぶしてしまうことで、膝《ひざ》を使ったシュートフォームを形成できなくする。いわゆる手打ちなら放てるが、まだゴールまではそれなりの距離《きょり》がある位置。不自由なフォームであえて打たせて失敗を願《ねが》うのは、そうそう分《ぶ》の悪い賭《か》けじゃないはず。

「だあ、邪魔《じゃま》くせー!」

「おー。おじゃま虫さんだぞー」

かといって前に進むのも困難《こんなん》。パワー差がありすぎるせいで、ちょっとでも押せば意図せずはじき飛ばしてしまう怖さがあるから、逆に強引な攻めが出しづらい。

相手が一度ドリブルの体勢に入ってしまえばこんな風に下半身を包み込むような体勢は取りづらいから、その時は素早《すばや》く愛莉《あいり》とひなたちゃんがスイッチしなければならないという隙《すき》はあるものの、成立させてしまえば慧心六年生チームにおける十八番の『高さ対策』となるフォーメーションがこれだ。

ただし、百戦錬磨《ひゃくせんれんま》のセンタープレーヤーならば、破る方法は身に付けうる。前に進めず、その場でシュートを打つと精度が下がるのであれば、

「付き合って、られるか！」

後ろに飛ぶ。フェイダウェイシュートで放てば、上の守りががら空きなのでフリー同然でゴールを狙《ねら》うことができる。

さあ、どうだ。天才は、どこまで万能に至れるのか。背中にひりつくような熱《ねつ》を感じながら、シュートの行く末を見守る。

「外れる！　愛莉、リバウンドっ！」

「まかせてっ！」

ボールはリングに弾《はじ》かれ、智花《ともか》と共に待ち構えていた愛莉に受け止められる。

そうこなくちゃ、な。非常に距離感の掴《つか》みづらいこのシュートは、黙々《もくもく》と積《つ》み重ねた練習経験《けいけん》

以外では習得できない。付け焼き刃では武器にならない。

やっぱり、ちゃんとあるよな。努力でしか至れない、才能だけではどうしようもない境地ってやつが、バスケには存在する。

「おいおい……なんで外すの？」

「じゃあ次は灯《あかり》があのチビスケと当たってみてよ！　死ぬほどやりづらいんだってあれ！」

ひとまず、一気に流れを取り戻されずには済んだ。

でもまだ二点差、ワンプレーであっさり状況が転換してもなんら不思議《ふしぎ》はない。

やっぱり今回も、ギリギリの接戦は避けられそうにないか。

慧心《けいしん》　6－4　八栗《やくり》

そこからしばし、両チームともなかなかスコアを動かせない時間が続いた。

ドレッドノータスは、とにかくガード陣のディフェンスが良い。慧心の五人が波状攻撃《こうげき》を仕掛けても、巧《たく》みなマークチェンジと隙《すき》あらば大胆に取り入れてくるダブルチームに阻《はば》まれ、大きな突破口を見いだせない。

ビッグマンが二人揃《ふたりそろ》っていることを加味しても、愛莉《あいり》に頑張ってもらってインサイドを集中的に狙《ねら》った方がかえって確実性《かくじつせい》が高いか。でも、石塚《いしづか》さんたちはパスコースを潰《つぶ》すのが本当に的確で、なかなか有利な状況を作ってポストプレーに持ち込めないんだよな。

あまり良い言葉ではないが、ドレッドノータスは東川《ひがしかわ》さんと松島《まつしま》さんに『依存』して勝ち進んできたチームなのかと、そう思ってしまった時期もあった。

でも、本当は逆だったのかもしれない。本人たちすら気付かぬまま、頼る側と頼られる側の関係性が、入れ替わっていた。

先入観《せんにゅうかん》を取り除いて戦局を見つめれば、そんな気がしてならない。

その後、二本ずつぽつぽつと点数を追加して、スコアは10−8。差が詰まりも広がりもしないまま、試合は残り二分の終盤戦《しゅうばんせん》に突入した。

こうなると、緊張《きんちょう》の糸を切らした方が負け。最後まで水を張った洗面器から顔をあげないでいられるかが勝敗の分かれ目となるだろう。

「……もう、キレた」

パスを受け、投げやりにドリブルを始めながら松島さんが呟《つぶや》いた。吉兆か暗雲か、何かが起こりそうな気配《けはい》にこめかみから汗が流れる。

「なにこの息苦しいバスケ。自分が目立てない試合なんて、退屈すぎてやってられるかっつーの！」

刹那《せつな》の急加速。アウトサイドから一気にドライブで突っ込み、松島さんはポストラインを踏《ふ》み切《き》り線《せん》に見立てゴールに飛びかかる。

「止めますっ！」

だがしかし、愛莉《あいり》が見逃《みのが》すはずもない。横から追従し、空中で迎撃《げいげき》態勢に入って右手を限界まで伸ばす。

集中力を切らしてしまったか。あまりに単調《たんちょう》すぎる、無謀《むぼう》な強行突破に見えた。愛莉が万全の状態ならば、余裕で守りきれる範囲《はんい》のはず。後はただ、レイアップが放たれるのを待ってボールを弾《はじ》けばそれでおしまいだ。

「……え。嘘《うそ》、だろ」

――ぞくりと悪寒《おかん》が走った。

松島《まつしま》さんが、シュート体勢に入らない。いや、右手を持ち上げる動作は既に見せているのだが、離《はな》すモーションに移らない。もうリングは手が届くところまで迫っているというのに、掌《てのひら》でがっちりボールを保持したままなのだ。

そう。松島さんは、リングに手が届く。ミニバスルールの高さならば、届いてしまう。

「――主役のバスケはッ、こーいうんじゃなきゃ、ダメなんだよッ！」

金属がぐらりと軋《きし》む、おおよそミニバスでは聞くはずもないと思っていた攻撃的な音が、静寂に包まれたコートに響《ひび》き渡る。

「そんなの……アリ？」

紗季《さき》がぽかんと口を開け、呆然《ぼうぜん》と立ち尽くす。他《ほか》の四人も同様に息を漏らし、ボールを拾うのもしばし忘れて放心状態だ。

俺《おれ》の、指示ミスだったのだろうか。

二人《ふたり》の身長と性格を鑑《かんが》みれば。

――ダンクシュートがあるかもしれないから、警戒《けいかい》しておこう。

そう、伝えるべきだったのだろうか。

「すごおおおおいっ！　すごすぎるよゆーなっ！」

「わはは、いつも言ってるじゃん。手が痛いからやらないだけで、その気になりゃヨユーででできるって」

沸き立つドレッドノータスのメンバー。そりゃ、最高潮《さいこうちょう》にもなるよな。味方がダンクで停滞した空気を爆発四散《ばくはつしさん》させれば、至極当然の話だ。

ダンクもレイアップも同じ得点だが、派手《はで》なプレーの成功はチームの勢い、ゲームの流れを大きく逆転させる二次的な力も内包している。スーパープレーが逆転の足がかりになることは、プロの試合なら日常茶飯事だ。

しかし、まさか。……それをミニバスでやられてしまうとは。

「……さ、紗季っ」

「おっと、私にも見せ場作らせてもらわないとね」

「あっ!?」

さらによくないことが重なる。きっとまだ動揺が残っていたのだろう。ミスらしいミスと言うほど不用意ではなかったのだが、智花《ともか》がベースラインから放ったパスが途中で東川《ひがしかわ》さんにカットされてしまった。既にみんな攻撃《こうげき》に向かっていて自陣はがら空きに等しい中、この状況は非常に危険だ。

「と、止めなきゃ……！」

「もう遅いっ！」

智花が駆けつけるが、東川さんは地を蹴《け》り飛び立った後。辛《かろ》うじて間に入った智花の身体《からだ》を空中で半回転することによってやり過ごし、後ろ向きの体勢でゴールに迫っていく。

「無駄《むだ》に歯向かうからこーなるんだ。もーいいよ、寝てろ」

またしても、ダンク成功。しかも今度はバックハンドの両手持ち。

中学生まであと二ヶ月というエアポケットが創《つく》り出した歪《ゆが》みとしか言いようがない。あの二人《ふたり》、ミニバスルールじゃスケールが合わなすぎる……。

ついに、逆転を許してしまった。そしてそれ以上に、この終盤《しゅうばん》で勢いを完全に持って行かれた状況なのがあまりにも嫌《いや》な感じだ。なんとか、相手の押せ押せムードを速やかに鎮火《ちんか》しなければならないが。

「アイリーン、お返ししてこい！」

あ、珍しく真帆《まほ》と発想がかぶった。いや珍しくと言うのは失礼か。

とにかく俺《おれ》も今ちょっとだけ同じ事を考えてしまった。ダンクで持って行かれた流れは、いっそダンクで取り返してしまうか、と。

「や、やったことないし無理だよぅ！」

でも、愛莉はあの手の良くも悪くも目立ちすぎるプレーを好む子じゃないからな……。それに二人が成功したのは、過去何度か試して手応《てごた》えを得ていたからだろう。届くからといって、未経験《みけいけん》で初弾から決められるほど楽なシュートじゃ断じてない。

……俺もこっそり、みんなが見てないところで何度かミニバスゴールにダンクして遊んでみたことがあるからよく分かる。

余談《よだん》はさておき、愛莉にダンクしてもらって流れをイーブンに、というのは非現実的。

じゃあ、諦《あきら》める？　まさか。

そう来るなら、こちらはこちらなりの宝刀を抜くのみ。

「行くわよ……トモっ！」

「うん！」

ここで頼るべきはエースの存在、他《ほか》には有り得ない。紗季《さき》と共に速攻を仕掛け、パスを受け斜め四十五度からドライブで切り込んでいく智花。

さあ、見せてやろう智花。

――『小学生離《ばな》れ』する方法は、なにもダンクのみに限らないってことを！

ふわりと舞《ま》い上がった智花《ともか》の正面に、余裕を持って松島《まつしま》さんが迫る。高さの差は明白。普通に打ったらブロックショットの餌食《えじき》になるのは明らかだ。

普通に打つわけないけどな！

「……んっ」

「え、あ……!?」

ゴールまで一メートル以上の距離《きょり》を残した位置で、智花がレイアップのモーションを完了させた。高く高く緩《ゆる》やかなアーチが、再びコート上から全《すべ》ての音を奪い取る。

苦し紛れの奇襲《きしゅう》なんかじゃない。俺《おれ》と一緒《いっしょ》にこつこつと築き上げた、確《たし》かな技術の結晶だ。

だからこのスクープショットは、必ず決まると心から信じる。

「うんっ……！」

ネットが水滴のように翻《ひるがえ》って、聞き慣《な》れた心地《ここち》よい音色を響《ひび》かせた。

「……なんなんだこの試合」

眼《め》を見開き、言葉を失う監督《かんとく》さん。同感です。そして、ありがとうございます。こんな度肝を抜かれる試合を、成立させて下さって。

「智花、ナイッシュ」

「はいっ！」

小さくガッツポーズを送ると、同じ動作を真似《まね》しながら澄《す》んだ笑顔《えがお》で応《こた》えてくれた。真帆《まほ》も紗季《さき》も愛莉《あいり》もひなたちゃんもエースの決定力に覇気《はき》を取り戻し、対してドレッドノータスの方は全能感にくさびを打ち込まれ、先ほどまでの優勢《ゆうせい》ムードは既に霧散《むさん》している。

残り時間は40秒。結末はまだまだわからないぞ。

慧心《けいしん》　12—12　八栗《やくり》

「一気に行こう！」

次のターン、ドレッドノータスは速攻を選択。ここで時間いっぱいまで攻めに使って仮に失敗すると、慧心側としては残りタイムギリギリで逆転、というプランを組みやすくなる。そのリスクよりも、スピーディな展開で攻め番を増やすことを選んだようだ。

使ってくるのは、やはりツインタワーを形成する二人《ふたり》。

「もう外す気がしないね！」

何度かポジション取りを変更しつつ、急速ギアチェンジで松島さんが突っ込んでくる。ポストラインを踏み切って、ジャンプ。もう一度ダイレクトにリングを叩《たた》き揺らすつもりだ。

「させないもんっ」

しかし今回は愛莉にも『ダンクの可能性』が頭に入っているから、そうそう好きにはやらせめにかかる。

ない。ボールを狙《ねら》うのではなく、身体《からだ》で身体を押し返すつもりで松島《まつしま》さんを真っ向から受け止
「……チェックメイトって、ヤツっ？」

「っ⁉」

しかしこれは囮《おとり》だった。松島さんは愛莉《あいり》と身体をぶつけ合ったまま、ひょいっとボールを真
横に放《ほう》る。普通の小学生ではとても届かない上空でたゆたう球体の行く末は——⁉

「でかしたゆーなっ！　打ち合わせ通り！」

全速力で駆け込んでくる、東川《ひがしかわ》さん。バトンを引き継ぐべく、ぐっと膝《ひざ》に力を込め渾身《こんしん》の
大ジャンプで宙に舞《ま》い上がろうとする。

「アリウープか！」

まさか、という疑念は浮かんでこなかった。この二人《ふたり》なら、成功させてしまいかねない。

決められたら今度こそ流れを持って行かれる。お願《ねが》いだ、なんとかしてくれ………真帆《まほ》っ！

「あたしだって、目立つのはけっこう好きなんだぞっ！」

もはや頼みの綱《つな》は、東川さんと併走してゴールを死守しようとしている真帆のみ。同じタイ
ミングで飛び上がった小柄な少女に祈りを託し、俺《おれ》は両の拳《こぶし》にグッと力を込めた。

「圧《お》し負けるとでも思う⁉」

ボールキャッチに成功し、ジャンプの勢いを保ったままゴールに襲《おそ》いかかる東川さん。体格

差は歴然。

それでも。

「やってみなきゃ、わからないっ！」

真帆には確《たし》かな経験《けいけん》がある。自分よりも大きい相手との空中戦なら、葵《あおい》と、硯谷《すずりだに》の両センターと、そして何よりも毎日のように愛莉と、数え切れないほど繰《く》り広げてきた。

「う、この……！」

あとほんの少しでリングのど真ん中に指先が到ろうかという寸前、東川さんの推進力が急速に衰えた。

――ごん、という鈍《にぶ》い衝撃音《しょうげきおん》。ダンクが打ち込まれた場所は、ネットに到る瀬戸際《せとぎわ》も瀬戸際。ゴールリングの直上だった。

「真帆ちゃんっ⁉」

「灯《あかり》っ⁉」

絡み合うようにしてコートに落ちる二人と、あさっての方向に飛んでいったボール。

三度《みたび》、誰《だれ》もが息を呑《の》んだ。

『白、5番、プッシング！』

沈黙《ちんもく》を破ったのは、監督《かんとく》さんの冷静なジャッジ。交錯《こうさく》は互いの意地が譲《ゆず》らなかった結果だが、僅《わず》かな体勢の差で真帆のファウルになってしまった。意図的なものではないことを踏まえてひいき目で見たとしても、今のは仕方ない、か……。

でも、充分だ。最後まで食い下がり、ゴールに到らせなかっただけで、充分すぎるファインプレーだった。

「くふふ、防いでやったぜ……！」

勢いよく跳ね起き、どこにも怪我《けが》がないことを知らせてくれる真帆《まほ》。ほっと息を漏らし、智《とも》花《か》たちは誇らしげに微笑《ほほえ》んで真帆の奮闘《ふんとう》を称《たた》える。

「……フリースローだろ。決めれば同じ事なのに無駄《むだ》に頑張っちゃってアホかっつーの」

悪態をつく東川《ひがしかわ》さんもどこか痛めたりはしてないようだ。よかった、最後に怪我でもあったら、しこりが残っちゃうもんな。

「そうね。二本決めたら同じ事。決めたらね」

冷静にボールを拾い渡す紗季《さき》に、冷めた笑いを向ける東川さん。

「外すと思ってんの？　百発百中だってーの」

まあ、外さないだろうな。百発百中は言い過ぎでも、それに近い精度で決められるだけの力を、東川さんは持っているはず。

でもそれはあくまで練習なら、だ。これだけ切羽詰《せっぱつ》まった場面で、普段《ふだん》と同じ精度を保てるならば、その時はただ脱帽するのみ。

「…………」

監督《かんとく》の合図で、フリースローが始まった。幾分長めに間を取って、東川さんはゴールをじっと睨《にら》み付ける。

「…………っ」

一本目——成功。

「さすが灯《あかり》っ！」

「次も絶対大丈夫！」

「…………」

宣言通りシュートを決め、味方から賛美《さんび》の声が届いても東川さんはいつになく無表情のままだった。今まではっきりと自信を面持《おもも》ちに溢《あふ》れさせていたのに。

どうだい、嫌《いや》だろうこの空気。

俺《おれ》も大嫌いだ。何度繰《く》り返しても、クラッチタイムのフリースローってやつが身を蝕《むしば》む緊《きん》張感《ちょうかん》は尋常じゃない。逃げ出せるものならそうしたいって、毎回毎回頭によぎってしまう。経験《けいけん》を重ねてもなかなか鈍《にぶ》ってくれない、海の底にいるような感覚。初めての時なんて、もう頭が真っ白で何も覚えてないくらいだ。

二本目——僅《わず》かに逸《そ》れた弾道が、リングに嫌われる。

「絶対に、渡せないっ！」

「くそ、邪魔《じゃま》っ……！」

リバウンドを制したのは、愛莉《あいり》！　松島《まつしま》さんをスクリーンアウトで蚊帳《かや》の外に追いやり、完《かん》璧《ぺき》なポジショニングでボールの落下地点を支配してくれた。そりゃそうともさ、高さだけなら逆転の芽もあるが、ここも経験《けいけん》の差がものを言う。愛莉と松島さんでは、今まで処理してきたリバウンドの数が圧倒的に違う。

「ナイス愛莉！　こっち！」

「紗季《さき》ちゃん、お願《ねが》い！」

ボールは紗季に託された。残り……28秒。スコア、12―13。

ちらりと俺《おれ》に視線《しせん》を向けた紗季に、頷《うなず》きを返した。これだけで全員と意思の疎通は完璧に果たせる。

ギリギリまで時間を使い果たしても、三十秒ルールに引っかかる心配はなし。差が一点で済んだことにより、決めれば逆転という状況。

ならば、終わらせよう。

このターンを以《もっ》て、慧心学園《けいしんがくえん》初等部女子ミニバスケットボール部最後の攻撃《こうげき》とする。

淡々と、でも警戒《けいかい》は解かずドリブルでボールをキープする紗季。

残り15秒。まだ動かない。

10秒。まだだ。

「…………」

極限の集中力で、交差する十人の視線。

6秒。ここで智花《ともか》が急速にギアチェンジし、それを合図として紗季以外の四人が一斉にポジションを移動する。

「任せたわ！」

紗季が託した相手は、智花。エースのスピードに、全員分の想い《おも》を込めた。

「いくよ……！」

ギリギリまで引き絞られた弓から放たれたような、鋭い《するど》ドライブ。周りが止まって見えるほどの加速力で駈《か》けぬけた智花が、運命の飛翔《ひしょう》に挑む。

「やっぱ、お前かっ」

松島さんが受けて立ち、ブロックショットを仕掛ける。それを読み切って、智花は空中で手首を捻《ひね》り、タイミングをずらしたスクープショットの体勢に入った。

「ほんで、やっぱそう来ると思ったよッ！」

しかし、このモーションは二度目。同じ轍《てつ》は踏まないとばかりに、ワンテンポ遅らせて東《ひがし》川《かわ》さんというもう一つの壁《かべ》が時間差で迫ってきた。敵であることを忘れ感嘆を浮かべそうになるほど、タイミングどんぴしゃ。いくら軌道の高いスクープショットでも、東川さんの高さがあれば放ち際を潰《つぶ》すのに充分足りてしまう。

「……お待たせ、だね」

実は今日《きょう》、もう一つだけみんなに策を授けていた。

もしこんな切羽《せっぱ》詰まった試合展開になった時は、『秘密兵器』を使おうと。

——ここまで慧心《けいしん》でただ一人《ひとり》、一度もシュートを放っていない選手がいる。

わざと、そうしてもらったのだ。一番大事な場面で、最も効果的な一本が打てるように。

「後ろ、見ないけど。そこにいるよね……！」

スクープショットのモーションを崩さないまま、智花《ともか》はノールックでボールを自分の真後ろに流した。

「おー。どんとこい」

智花の背中を正面に見守りながら、アウトサイドで待ち構えていたのは、ひなたちゃん。

ゴール下に詰めた真帆《まほ》と愛莉《あいり》、そしてずっとポイントガード兼シューターとして振《ふ》る舞《ま》ってくれた逆サイドの紗季《さき》にマークが引き寄せられ、完全フリー、ノーマークの状態だ。

「しまっ……!?」

紗季をマークしていた石塚《いしづか》さんが血相を変える。でも、彼女とひなたちゃんの間はあまりにも距離《きょり》が離《はな》れすぎていた。

ディフェンスのスペシャリスト。ドレッドノータスのメンバーは、きっとみんなそう印象づけていたのだろう。ここまで一度もシュートを打たなかったこと。あの小柄で東川《ひがしかわ》さんを押さえ込む異端の技。状況証拠はたくさん揃《そろ》っていたからな。

でも、実は違う。オフェンスにおいても、慧心《けいしん》のみんなにとっては何を今さらという感じだけど、ひなたちゃんは掛け替えのないメンバーだ。断じて、ノーマークにして良いプレーヤーじゃない。

――ふと、走馬燈《そうまとう》のように記憶《きおく》が蘇《よみがえ》った。

初めて本格的な練習を始めた日、ひなたちゃんは体力が保《も》たず倒れてしまった。

そして保健室で、俺《おれ》に切実な想《おも》いを語ってくれた。

シュートが、あまり届かないと。悔しそうに嘆いた。

ひなたちゃん。もう、違うよな。

今ならこんなに遠くからでも、どんとこいだ。

「とー。みるくせーき、しゅーと」

プレッシャーなんて微塵《みじん》も感じていない、心の底から楽しそうな、伸びやかなフォームで放たれたジャンプシュートが、一直線《いっちょくせん》にゴールへと吸い込まれていった。

「…………やるじゃん」

残り一秒で儀礼的《ぎれいてき》に受けたボールを、東川さんがそっとコートの上に置く。

その顔は、今まで見せたどの表情とも似つかぬ無邪気さに溢《あふ》れていた。

『ありがとうございましたっ！』

一点差でなんとか勝利をものにし、整列《せいれつ》して元気よく礼を交わす子どもたち。

今回も厳《きび》しい戦いになった。でも、相手に食らいつく粘《ねば》り強さこそ慧心《けいしん》最大の持ち味、とも言えるからな。みんなの力がフルに発揮された素晴《すば》らしい試合だった。

「やっぱヒナは頼りになるな〜！」

「えへへ、わたしだったらどきどきしすぎて決められたかわからないよ」

「おー。ほんとはひなもどきどきだった」

「ふふ、まあそうよね。一発必中の場面だもの」

「でも、ひなたならきっと大丈夫って信じてたよ」

喜びを弾《はじ》けさせ、肩をたたき合って健闘《けんとう》を称《たた》える五人。特にひなたちゃんには、大きなプレッシャーをかけてしまったな。もちろんそれだけ信頼していたからではあるんだけど、俺《おれ》からもいっぱい褒《ほ》めてあげないと。

そう思って五人に歩み寄ると、ほぼ同時に東川《ひがしかわ》さんと松島《まつしま》さんもこちらにやって来た。

「どーだ、見たか」

腕組みして胸を張り、自信満々に迎《むか》え撃《う》つ真帆《まほ》。いろいろ思うところもあったろうから、勝ち気になるのも無理はないか。事実勝ったわけだし。

ただ、これ以上遺恨《いこん》は残したくないよな。二人《ふたり》は喜怒哀楽を表に出さない無表情で、その思惑は外側から見て取れない。

しばし沈黙《ちんもく》が流れたのち、大きくひとつ息を漏らし、言葉を紡ぎ始めたのは東川さんだった。

「楽しかったわ、わりかし」

「……え？」

予想していたのとは違う第一声、そして妙にあっけらかんとした笑顔《えがお》を向けられ、智花《ともか》が図《はか》らずもと言った感じで驚《おどろ》きを露《あら》わにする。

「バスケ、意外と面白《おもしろ》いのかもね。なんかもう飽きたかな～って思ってたけど、まだまだ楽しめそうだ」

続いて松島さんも白い歯を覗《のぞ》かせる。

「……コーチさん、来てくれて本当にありがとう」

俺の隣《となり》にはいつの間にか監督《かんとく》さんが居て、感慨深そうに二人を見つめていた。『やる気スイッチ』を押してあげられたのなら冥利《みょうり》に尽きるし、それに。

「こちらこそ、このチームと試合できて本当によかったです。ありがとうございます」

慧心側もまた、短期間で大きな成長を得ることができた。コーチとして、伝えそびれていた『伸びしろ』を、讃岐《さぬき》の地に教えてもらった。

「ほんじゃね、またやろーよ。またいつか、どこかで」

「負けっ放しで終わるのもなんかシャクだしね。次やるときまでもう少しぐらい基礎練《きそれん》しとくよ。……フリースローとか」

なれ合う気まではないとばかりに淡々と言い残し、離《はな》れていく二人《ふたり》。

次、か。もしその日が来たら、俺《おれ》も絶対見守りに駆けつけないと。たとえこの日本中《にほんじゅう》のどこで行われる試合だろうと。

「いつでも受けて立ってやるぞ〜！」

「私たちももっと上手《うま》くなってますから、覚悟しておいて下さい！」

背中に叫びかける真帆《まほ》と紗季《さき》に、振り返らないまま手を振る東川《ひがしかわ》さんと松島《まつしま》さん。

「やっぱり、なんだか大人《おとな》っぽいね。身長とかじゃなくて、雰囲気が」

「おー。ひなにはまねできない」

顔を見合わせ、愛莉《あいり》とひなたちゃんがどこか憧《あこが》れを漂わせる。

なるほどなあ。チームメイトに慕われている理由、今ようやく少しわかったような気がする。

「昴《すばる》さん。ありがとうございましたっ。お陰様で、勝つことができました」

朗《ほが》らかに笑う智花《ともか》、そして真帆、紗季、愛莉、ひなたちゃんに、俺からも一礼。

「俺じゃなくて、みんなの力だよ。最高の時間をまた一緒《いっしょ》に過ごすことができて、とっても嬉《うれ》しい。……それと、お陰様で無事なにごともなく家に帰れそうだ」

ふと負けたときの約束を思い出して冗談《じょうだん》ぽく息を漏らすと、智花が少しはにかみながら視《し》線《せん》を下に向ける。

「わ、私も……よかったです。昴さんが、無事で」

あはは、けっこう心配してくれていたのかな。ほんのり朱《あか》く染まった智花の頬《ほお》を見ていると、なんだか妙にどきどきしてしまう。

とにもかくにも。合同練習会、これ以上ないほどの成果を得て無事終了である。

＊

ドレッドノータスのメンバー全員に改めてお礼を伝え、最後に食事会をして全日程は終了(食べたものについてはもはや言わずもがな)。別れを惜しみつつ高松空港《たかまつくうこう》に戻ってきた俺たちは、搭乗開始までロビーでしばし時間を潰《つぶ》す。

「そういえば、ドレッドノータスのみんなは全国大会出るのよね」

「……あっ、ということは硯谷《すずりだに》と戦うかもしれないんだ」

「おー。どっちが勝つかわからない」

紗季の呟《つぶや》きをきっかけに、智花とひなたちゃんもはっとして想像を膨《ふく》らませ始めた。

ふむ。今すぐの対戦ということなら……硯谷かな。綾《あや》さんと久美《くみ》さんとでツインタワー対策を敷《し》いて、未有《みゆ》さんが陣頭指揮を執れば持ち札で一枚優位《ゆうい》に立てそうな予感がする。

怜那《れな》さんがファウルトラップに怒って暴走《ぼうそう》しないかだけが、懸念《けねん》事項として残るけど。

ただ、もしかするとこの組み合わせが『幻のカード』になってしまう可能性も低くないんだよなあ。

「対戦、あればいいんだけどね～」

「……長谷川《はせがわ》さんは、当たる前にどちらかが負けちゃうと思いますか？」

意外そうに訊《き》き返す愛莉《あいり》に、笑って首を振る。

「いや。二チームとも優勝《ゆうしょう》候補だと思うよ。ただ、ミニバスの大会って何ブロックかに分かれてて、それぞれの優勝チーム同士の対戦はやらないからね。別のトーナメントに入っちゃうと、戦わないまま終わることになる」

「え～？　じゃあ優勝が何個もあるの？」

「うん。いくつだったかは忘れたけど、けっこうなチーム数が優勝のチャンスあったはず」

そう伝えると、真帆《まほ》はどこか釈然としない顔。これは恐らく、ミニバスは競《きそ》い合いだけが目的ではない、という理念に基づいているのだろう。全国一を争うのは、中学に入ってからで良い、というのも一理あると思う。

「硯谷《すずりだに》とドレッドノータスの対戦は見たいですけど、そう聞くと少し嬉《うれ》しいかもです。どっちにも、勝って欲しいと思っちゃうので」

優《やさ》しく笑《え》みを浮かべた智花《ともか》に、皆が頷《うなず》く。そうだな、ここは両方に優勝してもらう展開になった方が、俺《おれ》としても楽しみが増す。

ライバルチームが頂点を目指すときは、ぜひともまた智花たちにも加わって欲しいから。

「ふふ、私もそう思うわ。……さてと、そろそろ中に入りましょうか」

時計《とけい》を見上げながら立ち上がり、紗季《さき》が提案するとみんな改めて荷物のチェックを始める。

「おし、それじゃあまたくじ引き！」

全員の身仕度《みじたく》が完了したところで、満を持してという感じで真帆が行きの時と同じように手の中で紙を扇状に広げて差し出した。

「……真帆ちゃん。それ、チケット？」

でもなんか変だな。五枚しかないし、裏面からしてノートから切り取っただけの紙片に見えるんだけど。

「いーからいーから、とりあえず引いて！　あ、すばるんとみーたんはまだ選ばなくて良いよ」

明らかに何か違う趣向《しゅこう》だよな、このくじ。まあ、ひとまず黙《だま》って見守っておくか。

みんなも不思議《ふしぎ》そうな顔をしつつ、言われた通りランダムに一枚ずつ選んでいく。

「3番」「1番」「おー。4ばん」「2番」

「おっ、さすがもっかん。1番引くなんて持ってるね～。ほんであたしがフェニックスか」

「フェニ……大トリのこと？　それはいいとして真帆。これ、なんなの？」

しびれを切らし尋ねた紗季に、真帆はさも当然といった様相でさらりと答える。

「すばるんとデートする順番だよ？　もちろん」

「へ⁉」

思わず驚《おどろ》きの声が漏れた。な、なぜいきなりそんな話に。

「ええと、真帆《まほ》。どういうことかな？」

「こらすばるん、約束忘れちゃったのか！　勝ったらすばるんとデートできるんでしょ！」

「え…………あ⁉」

だいぶ間をあけてしまった後で、言わんとすることを理解した。

確《たし》かに、した。東川《ひがしかわ》、松島《まつしま》さんたちが勝ったら、二人《ふたり》とデートする約束を。ということは、裏を返せば。

「真帆たちが勝ったから、真帆たちとデート？」

それは、盲点の発想だったな……。

「もちろん！　すばるん、嫌《いや》なの？」

俺《おれ》の反応に不服そうな顔をする真帆。そう問われてしまうと、

「そんなことは、ない……んだけど」

答えは必然的に決まっちゃうよな。

「くふふ、だよねだよね～！　あ、五人一緒《いっしょ》だといつもとあんま変わんないから、一人《ひとり》ずつ五回に分けてお願《ねが》いね」

ああ、つまりさっきのくじは、その『デート』の順番決めだったのか。しかし真帆はそう言

うものの、他《ほか》のみんなは望んでくれるのかな……？

「はっ、長谷川《はせがわ》さんと……ふ、二人きりでデート……」

「わーい。とってもたのしみ」

「も、もう。真帆はいっつも唐突なんだから……。二番目なんて、美容院間に合うかしら……」

「ふぁ、ふぁう……最初なんて……き、緊張《きんちょう》しちゃうよ」

反応をそっと窺《うかが》う限り、嫌がられてはいない気がしないでもないが……。

「いいよね、すばるん」

「…………俺なんかでよければ、喜んで」

『やったー！』

何となく照れくさくなりつつ答えると、五人とも口々に喜んでくれた。よくよく考えれば、みんなにお礼する良い機会《きかい》になるしな。どこか行きたいところでもあれば、連れていってあげよう。

「……ふふ、なるほどね。となると、確《たし》かにトモは持ってるわ。最初にお誘いできるなんて」

「ふぇっ？　ど、どうして……？」

「智花《ともか》ちゃん。ほらほら、明日《あした》」

「…………あ！」

紗季《さき》と愛莉《あいり》から意味ありげな微笑を向けられた智花が、大きく瞳《ひとみ》を見開きながら口元に手を

添える。

明日《あした》。つまり、二月十四日、か。

これまで特に縁《えん》はなかったけど、さすがに何の日かわからないというほど、俺《おれ》も世情に疎《うと》くはないわけで。

RO-KYU-BU!

scene.5

【名前】湊智花
(みなとともか)

【生年月日】9/9

【血液型】A

【身長】142cm

【クラス】6年C組

【所属係】お花係

【理想のバレンタイン・デート♥】

そ、その……。
好きな人と
いっしょにいられる
なら、何もしなくても
いいです……♥
ただ、そっと、
そばに……。

―交換日記(SNS)04―◆Log Date 2/14◆

『智花《ともか》ちゃんっ、準備できたっ?　あいり』

『う、うん……。着替えは一応終わったよ。　湊《みなと》 智花』

『おー。ともか、おしあわせに。　ひなた』

『ふえ!?　お、おしあわせにって……。　湊 智花』

『ふふ、別に間違ってはないわ。ばっちりと素敵《すてき》なデートを決めてきて。　紗季《さき》』

『みんなでかんがえたケーカクどおりやればぜったいばっちし!　もっかんのジョシリョクにすばるんもメロメロだ!　まほまほ』

『うう、なんだかすごく緊張《きんちょう》してきちゃったよ。……それに、本当によかったの?　こんな日に、私だけで昴《すばる》さんとお会いするなんて。
『平等なくじ引きで決まった結果だもの、文句なんてないわ。真帆《まほ》が勝手に始めたことに従うのは、なんとなくシャクだけど。
湊 智花』
『なんだと～！　ほんじゃサキのじゅんばんはとばしでいーよ。ふふ～んだ。
紗季』
『だ、だからくじ引きの結果には不満ないって言ってるじゃないの！
まほまほ』
『ともか、おにーちゃんによろしく。
紗季』
『わたしたちの分まで、長谷川《はせがわ》さんに気持ちを伝えてねっ。
ひなた』
『……そうだね、大切なものを預かったから。ちゃんと昴さんに届けてくるよ。
あいり』
『よろしくね。いっぱい楽しんできて！
湊 智花』
紗季』

制服のままというわけにもいかなかったので、一旦《いったん》家に戻って着替えてから待ち合わせのターミナル駅前に向かう。急いで帰ってきたから、なんとか遅れずに済みそうだ。

二月十四日。バレンタインデー。今日《きょう》はどこか通っている高校も少し浮《うわ》ついた空気感と甘い匂《にお》いに満ちていたような気がする。

とはいえ俺《おれ》のクラスは体育科だからか、周りでさほど特別なイベントが起こっている感じはなかったけれど。気付いてなかっただけかもしれないけど。

「……おっといけない、待たせちゃってる！」

ターミナル駅に降り立ち、外に出るとすぐ可愛《かわい》らしいニット帽をかぶった智花《ともか》の姿を見つけ、急いで駆け寄る。

「ごめんごめん、遅くなっちゃったね！」

「い、いえっ！　私が少し早く着きすぎたので……！」

ピーコートの裾《すそ》を揺らし、智花がお辞儀《じぎ》を返してくれた。……確《たし》か、初めて見る服だよな。柔らかな印象がとてもよく似合っている。

「…………」

「…………」

せっかくなので口に出して褒《ほ》めるべきかと思いつつ、声を詰まらせてしまった。な、なんだかやっぱり、微妙に緊張《きんちょう》してしまうな。

二人《ふたり》きりでデート、なんて名目で会うと、いつもなら何気なく口にできるような言葉も上手《うま》く出てこない。

「い、行きましょうかっ。まだ、日が落ちるのも早いですし……」

「そうだね、あまり遅くなると心配かけちゃうし」

遅くならずとも既に忍《しのぶ》さんはそわそわしているかも……なんて、べつにやましいことはないのだからそれは考えすぎだ。

普段通《ふだんどお》り、自然に、と自分に言い聞かせ、智花と横並びで冬の街を歩き始める。

「昨日《きのう》は、帰ってからゆっくり休めた？」

「はいっ。あ、でも今朝《けさ》早起きしてみんなと会う予定があったので……ふぁっ」

「？」

「な、なんでもないです！　おきになさらずで！」

何気なく尋ねてみたのだが、智花は途中ではっと口を押さえ、慌て加減に言葉を打ち切った。

どうしたんだろう。

「…………」

「…………」

いかん、また沈黙《ちんもく》が。普段なら気にならないほどの間も、なんだか今日は妙な焦りを覚えてしまう。

なにか話題がないかと、辺りを見回す。……やけに、手を繋《つな》いで歩いている男女が多いような気がするな。

「智花《ともか》、今日《きょう》はみんな……あっ」

「ふぇ？」

「な、なんでもないよ！　気にしないで！」

ダメだ、まるで智花と手を繋ぎたいってアピールしているみたいじゃないか。そんなこと言ったら。

いやもちろん繋ぎたくないわけではないんだけど。

どうにも思考が空回りしっぱなしである。

「……えっと、行きたいお店があるんだよね？」

「は、はいっ。この辺に、最近おしゃれなカフェがオープンしたそうなので」

カフェか、あんまり普段《ふだん》は入らないから想像が付かないけど、なんとなく智花がいたら絵になりそうなイメージがある。

……対して俺《おれ》は服が野暮《やぼ》ったすぎたりはしないだろうか。だんだん心配になってきた。

「あっ、ありました！　あそこです！」

しかし着替えに戻れるわけもないので気にしないでおこう。大丈夫、そんなに悪目立ちはしないはず。たぶん。

「こんなとこにこんなお店ができていたんだね、知らなかったよ」

大通りから一本路地へ入ったところに居を構えるそのお店は、白塗りの壁《かべ》と中までよく見通せる大きなガラスが特徴的な、どこかヨーロッパを感じさせる造りだった。なるほど、これは確《たし》かにおしゃれ系雑誌に紹介されそうな佇《たたず》まい。とか思っておきながら、あまりその手の雑誌を読んだことはないけれども。

しかし、それはさておき。

「こ、混んでますね……」

見たところ、テーブルは全《すべ》て埋まっている。中には待ち客の姿もあるし、明らかに全席カップルによる利用なので回転も速くなさそうだ。

待つのは別に構わない。ただ、小学生をあまり遅くまで拘束《こうそく》はできないよな、というところだけがちょっと気がかりだった。

「ど、どうしよっか？」

「………………は、他《ほか》にもいくつか候補があるので、そっちに行ってみましょう！」

智花の提案に快諾《かいだく》し、再び移動。

しかし、今日はどこも人で溢《あふ》れかえっていた。元々の人気もあるのだろうけど、『特需』な部分も影響《えいきょう》してそうだな。

「……うう、予約もしないで軽はずみでした。私、女子力低いです」

当てが外れ、智花《ともか》はすっかりしょんぼりしてしまっている。いかんな、せっかく誘ってくれたのに、今日《きょう》が悪い記憶《きおく》になってしまうのは忍びない。

どこか代わりの案でも出せないかな。しかし他《ほか》ならぬ俺《おれ》がバスケ以外に疎《うと》すぎるからなぁ。

……ふむ。バスケ、以外か。

「智花、こうなったらあそこにしようか」

「あそこ……あ」

指さしたのは、ちょうど近くにあったオールグリーンのビル。智花たちともよく足を運んでいる、アミューズメント施設だ。

頷《うなず》いて貰《もら》えたので、揃《そろ》って移動。一階のフードコートは普段《ふだん》よりずっと混んでいたけど、座れないということもなさそうだな。

それは良いとして、まだ智花の顔が浮かない。……ムードなさ過ぎるところに連れ込んでがっかりされちゃったかな。

「……ごめんね、他がよかった？」

「い、いえっ！　そんなことはないです！　ただ私、こんな日にせっかく昴《すばる》さんに来て頂いたのに、無計画でぜんぜんダメだなって思って……。バスケ以外、本当に役立たずです」

半べそ状態となり、胸先で掌《てのひら》を重ねる智花。

その可愛《かわい》らしさに、俺は自然と智花の頭を撫《な》でてしまっていた。

「智花は、バスケ以外がいい？」

「ふぇ……？」

「俺は、バスケが好きだ。智花もバスケが好きだよね。同じ気持ちを持ってるって知っているから、智花といられれば、俺は何をしてても楽しいよ」

「昴、さん……」

だから、場所なんてどこでもいいよ……と伝えたかった。だからいつも俺たちの日常の中に有った、ここに来ようと提案してみた。

それだけのつもりだったんだけど、ほのかに笑顔《えがお》を取り戻してくれた智花が頰《ほお》を染めながら口にしたのは、少し意外な言葉で。

「あの。バスケ、しませんか？」

「えっ」

「本当に、ありがとうございます。おかげですっと心が軽くなって、そうしたら、なんだか昴さんとしたくなってきちゃいました。えへへ」

確《たし》かに、ここにはコートがある。真冬だし、きっと先客もいないだろう。

ただ、気になるのは。

「着替え、ないよね？」

せっかくの服が汚れてしまったら悪いな、という一点だけ。

「私は平気です。あっ、でも昴《すばる》さんが嫌《いや》でしたら！」

「……ううん、俺《おれ》もぜんぜん問題ない。よし、それじゃ行こうか」

女の子の方から誘われて、これ以上逡巡《しゅんじゅん》したら男がすたるというものだ。

うん、それに。俺と智花《ともか》がデートするならば、もっとも自然に振《ふ》る舞《ま》える場所から始めるのが一番いいだろう。


幸い先客はなく、すぐにリングを借りることができた。

それは良いんだけど、少し辺りが薄暗《うすぐら》くなってきてるな。あまり長くはプレーしていられないかも。

ま、たとえ短くとも、濃密《のうみつ》な時間が過ごせればそれで良い。

「どうやってやりますか？」

コートを脱ぎ、黒のニットとチェックスカート姿になった智花がボールを両手で大事そうに抱えながら微笑《ほほえ》む。うん、よかった。だいぶ元気を取り戻してくれたようだ。

「そうだな……。普通の練習なら朝できるし、やっぱり１ｏｎ１？」

何気なく提案すると、智花はほんのり頬《ほお》を染めてうつむき加減に。

「……でしたら、お願《ねが》いがあります。手加減抜きで良いので、私と、勝負してください！」

「勝負、か」

智花と本気の１on１。なんだかとても、懐《なつ》かしい響《ひび》きがした。

それは、二人《ふたり》にとっての、はじまりの思い出だから。

「……じゃあ、俺がディフェンス。智花がオフェンス。シュートを決められたら智花の勝ち。俺はジャンプ禁止、それでどう？」

「あ……」

少し悪戯《いたずら》っぽく提案すると、智花も『その意味』を理解してくれて、くすりと笑《え》みをこぼれさせる。

あれから、もうすぐ一年か。もしかしたら、そろそろこのハンデを背負った状態では止めきれないかもしれないな。

それでもいい。智花に負けるのは、きっとそんなに悪い気分じゃない。

「はい、それでお願いします。……私が勝ったら、お願いを聞いてくれますか？」

「いいよ。何でも言って」

「じゃあ……。これからも、ときどきで良いので、私たちのことずっと見守って下さい」

「わかった。俺が勝ったときのお願いも良い？」

「も、もちろんです！」

「じゃあ、これからも、ずっと智花《ともか》たちのことを見守らせて欲しい」

「そ、それって……」

うん、どっちが勝っても同じだよな。でも、他《ほか》に願《ねが》いなんて浮かばなかったんだから仕方がない。

「そんなの、良いに決まってます。……ふふっ」

「ん、安心した。……始めようか」

「はい！……では、行きますっ！」

ボールを一突き、二突きしてから、智花が急速発進して俺《おれ》の前に迫った。

「っ！」

進路を塞《ふさ》いでも、塞いでも。次から次へと技を繰《く》り出し、アグレッシブさ全開でゴールを狙《ねら》い続ける。

地を這《は》うような切り込み《ダックイン》！

閃光《せんこう》の如《ごと》き切り返し《クロスオーバー》！

あの日と寸分違《すんぶんたが》わぬ驚《おどろ》きを、あの日よりもずっとずっと疾《はや》く、さらに成長した姿で、俺の心に届けてくれる。

躱《かわ》されても良い、シュートを決められても良いと、本気で受けて立ちながらもどこかそんな想《おも》いを抱いていた。

ああ、でもダメだ。

「……いきます、昴《すばる》さんっ！」

智花が宙に舞《ま》い上がる。幼き日に描いた理想型をそのまま形にしたような、瞳《ひとみ》を、心を奪って止《や》まないジャンプシュートを、ほんのすぐ傍《そば》で見せてくれる。

我慢なんてできるはずもない。

こんなにも美しい存在、たとえ小学生だろうと手を出さずにはいられない！

——放物線《ほうぶつせん》を描き、ネットの真ん中を目指していたボールが、僅《わず》かに手前で減速してリングに弾《はじ》かれる。

「……私の、負けですね」

清々《すがすが》しく笑って、智花がゆっくりとかぶりを振る。

「いや。智花の勝ちだ」

「え、でも」

「ごめん。今ほんの少しだけ、うっかり飛んじゃった。ジャンプしなきゃ届かないのがわかって、身体《からだ》が勝手に反応した。俺のルール違反だ」

正直に告白すると、智花は少し考えるそぶりをしてから、

「見てなかったので、また勝負して下さい。また、いつか」

そう言って、ゆっくりと両手を前に差し出す。

「うん、もちろん。いつでも、何度でも」

俺《おれ》はその か細い手をぎゅっと握りしめて、智花《ともか》と未来を約束した。

＊

ボールを返却し、帰る前に休憩《きゅうけい》がてらフードコートでドリンクを片手に向かい合って座る俺たち。

「あの、昴《すばる》さん。これ……受け取って下さいっ」

少しして、智花がリボンで彩られた箱を一つ差し出す。

どこか厳《おごそ》かな気持ちになりながら蓋《ふた》を開けると、中には可愛《かわい》らしい五色のチョコレートが入っていた。

「今朝《けさ》、早起きしてみんなで……五人で作りました。お口に合うか分かりませんが、食べて頂けたら嬉《うれ》しいですっ」

「……ありがとう。すごく嬉しいよ、本当に」

俺のために時間をかけて用意してくれたことがあまりにも感動的で、なんだか口に入れるの

が勿体《もったい》ないような気がしてしまう。
けど、きっと完食することが、みんなに一番喜んでもらえる方法だろう。
「早速だけど、頂いても良い？」
「はい、ぜひ！」
頷《うなず》いてもらえたので、俺《おれ》は一つ一つ丁寧《ていねい》に口に運び、その甘みを噛《か》みしめる。
――黄色《きいろ》は、真帆《まほ》。燦々《さんさん》と周りを照らす太陽のような、爽《さわ》やかなレモンの味。
――水色《みずいろ》は、紗季《さき》。涼やかなそよ風が吹くような、透き通るミントの味。
――薄緑《うすみどり》は、愛莉《あいり》。優《やさ》しく全《すべ》てを包み込んでくれる、慈愛溢《あふ》れるメロンの味。
――ピンクは、ひなたちゃん。天使の贈《おく》り物《もの》みたいな、濁《にご》りなき苺《いちご》の味。
――そして、赤は、智花《ともか》。雨上がりに咲く花が結んだ、光《ひか》り輝《かがや》くチェリーの味。
五つ全てを食べ終わると、ふわりと身体《からだ》が軽くなったような気がした。
俺にとって、いちばんの元気の源は、智花たち五人なのだなと、改めて想う。
それは、これからもずっと変わることはない。
いつまでも、きっと。

RO-KYU-BU!

【名前】荻山葵
(おぎやまあおい)
【生年月日】1/9
【血液型】O 【身長】163cm
【クラス】七芝高校1年3組
【理想のバレンタイン・デート♥】
ふ、不純異性交遊とか
禁止ですし!!

エピローグ

RO-KYU-BU!

女子高生日誌@ファミリーレストラン

【柿園《かきぞの》】さあブチョー！　今日《きょう》はワリカンだー！　遠慮《えんりょ》せず浴びるほど飲むと良いよ！

【葵《あおい》】ワリカンでその言い方おかしくない……？

【御《み》庄寺《しょうじ》】しかもドリンクバーだから何杯飲んでも値段変わらないしねぇ。

【葵】それよりここ、周りがイチャついてるカップルだらけじゃないの……。肩身が狭い……。

【柿園】気が利かなくてゴメン！　傷心の乙女《おとめ》を連れてくる場所じゃなかったな……。

【葵】誰《だれ》も傷心なんかしてないわよ！

【御庄寺】あれぇ、ということは。

【柿園】ついに渡したのか！　センセーに愛を込めて本命チョコを！

【御庄寺】すみませーん！　お赤飯ひとつ～。

【葵】ヘンなもの頼むな！　メニューに載ってないから！

【柿園】お、チキンライスならあるぞ？

【葵】色が赤いだけ。

【御庄寺】ていうか、それなら弊社《へいしゃ》たちを接待してる場合じゃないよぉ。断って、ずっとセンセぇと一緒《いっしょ》にいればよかったのにぃ。

【葵】や、ずっとも何も今日会ってないし……。

【柿園】結局ダメかよ！　何年連続だよ⁉

【御庄寺】敗戦処理する弊社たちの身にもなって欲しいねぇ。

【柿園】来年結果ださなきゃいい加減金銭トレードに出すぞ。……ほい、まあとりあえず今年《ことし》の分はもらってあげるから出しなさい。チョコ。

【葵】……ない。

【御庄寺】作るのすら諦《あきら》めたの？

【葵】そういうわけじゃないけど……。

【柿園】なんか煮え切らんな。……ま、ブチョーが彼氏作っちゃったらそれはそれで寂しいからいいけどね～。

【葵】心配しないで。今は、あんまりそういうこと考えてないから。……あんまり。

【御庄寺】とか言ってるうちにすぐ二十歳《はたち》、アラサーですよぉ。

【柿園】年一回の小笠原諸島《おがさわらしょとう》巡りが唯一の生き甲斐《がい》とかになったらどうする？

【葵】あ、小笠原行ってみたい。

【御庄寺】弊社も進出意志アリであります！　高校生にはお金が厳《きび》しそうだけどねぇ。

【葵】卒業旅行とかならなんとかならないかな……。だいぶ先の話だけど。

【柿園】……やばい。うっかりマジ未来予知しちゃったんじゃないかこれ。寒気がしてきた。

本当に美味《おい》しかったと何度も智花《ともか》にお礼を伝え、薄闇《うすやみ》の中お別れして自宅に帰還《きかん》。

「お帰りなさいすばるくん。ごはんできてるわよ、チョコフォンデュ♪」

玄関を開けると、強烈に甘い香りがリビングから漂ってきた。やっぱり今年《ことし》もか……。

別に嫌いというわけではないんだけど、すぐ食い飽きるんだよなあれ。

とはいえ断ったら母《かあ》さんが悲しい顔するのは目に見えているし、一年に一度くらいは謹《つつし》んで頂いておこう。

「ありがと。着替えてから食べるよ」

そう告げてひとまず二階に上がろうとしたのだが、途中で『あ、ちょっと待って』と呼び止められた。

「ん？　なに？」

「はいこれ、すばるくんに宅配便よ、うふふ」

「俺《おれ》に？」

なんだろう。特に通販を頼んだ覚えはないのだけど。

「…………なぜ、宅配便？」

首を捻《ひね》りつつ受け取り送り主の名前を見た瞬間《しゅんかん》、図《はか》らずもツッコミが漏れた。

同じ高校だし家もそんなに離《はな》れてないんだから、直接渡した方が安上がりなのに。葵《あおい》の考えていることはときどきよくわからない。

もしかして照れてる……？　いや、今さら俺に対してそんなはずないよなあ。

なんにせよ『あげてもいいかな』って思ってくれたのならとても嬉《うれ》しいことだけど。

この一年、葵にも世話になりっぱなしだったからな。ちゃんとお礼を伝えて、来月お返しをしなければ。

「にしても、はは」

もう一度伝票を見て、つい笑いが堪《こら》えきれなくなった。

品物名【義理チョコ】って。

こうもはっきり書かれると、なんだかかえって清々《すがすが》しい。

ところで、その『義理』の部分の上に一度何かを書いて、後からボールペンで塗りつぶしたような痕跡《こんせき》もあるけど、ここには何と記されてたんだろう。

頑張れば解析できそうな気もするけど……いや、やめておこう。消す、という意志に対し詮《せん》索《さく》をかけるのは葵に対する『不義理』になってしまいそうだし、な。

あとがき

『忘れ物を探しに行く旅がある』
『探し物を忘れに行く旅もある』

釣り師、村岡昌憲《むらおかまさのり》さんの言葉を見つめ直したことで、ようやくこの物語が十五冊目で行き着く場所を見つけられたような気がします。

一時、社会から取り残されていた僕が偶然見つけた『ロウきゅーぶ！』という世界は、いったいどこに決着すべきなのか。しばし刊行がない間、それを長らく考え続けていました。

慧心女《けいしんじょ》バスのメンバーにとって、また、主人公長谷《はせ》川《がわ》昴《すばる》にとって、一年の区切りは断じて『終わり』ではありません。彼らがバスケットボールと共に歩む人生はこれからも連綿と続いていくことでしょう。

大好きな高校バスケ漫画に『あんたの全盛期はいつだ？　俺《おれ》は今だ』という旨の言葉が出てきて、いたく感動した記《き》憶《おく》が色褪せず残っています。

それは、智花《ともか》たちの全盛期が、少なくとも『今』——小学生時代ではないという信念の礎となりました。

だから、僕の勝手な都合でこの物語の終末を描くことも、逆に、僕の勝手な都合でこの物語を不必要に継ぎ足すこともしたくありませんでした。

それでもなお、『ロウきゅーぶ！』は『5の数』で区切りを付けたかった。終わらせられず、続けられず、それでもあと『ひとつ』をひたすら求める日々。今まで生きてきた中では最も過酷なプレッシャーを受け続けていたと言っても過言ではありません。

というか、『絶対に越えられないデッドライン』の寸前まで書き上がる気がしなかったというのが本当のところです。

もう、自分の力量ではここまでかな。そんな想いが膨《ふく》らみ、ある種の現実逃避的にぼんやりCS放送の釣り番組を観《み》ていたとき、ふと先の言葉に再会しました。

そして、本当に気まぐれで『還ってみようかな……』という想いを抱いたのです。

今巻の舞台となっている讃岐《さぬき》の地は、この『ロウきゅーぶ！』という物語が生まれた根幹となる場所のひとつでした。

数年前、何もかも投げだすようにフェリーで単身四国へ旅立った自分が、日々の孤独を紛らわすために脳内に描いた五人、それが智花たちだったのです。

あの時はただ、うだつの上がらない日常を忘れたかった。

あの時はただ、これから先、食いつなぐための方法を、あてもなく探したかった。

さして目的を求めていたわけではなかったように思います。現実という過酷さから、逃げたかっただけなのではないかなと述懐します。

今回、取材とは名ばかりに同じような気まぐれで降りたった香川県《かがわけん》は、かつての印象とは全く違う、美しく洗練された街並みとしてこの眼《め》に映りました。

そういえば、四国の中で最後に訪れた香川を歩いていた頃《ころ》なんてもう心身とも這々《ほうほう》の体《てい》で、街の景色《けしき》なんてすっかり見る余裕を失っていたんだなと、ようやく気付かされたのです。

遍路で四国を一周しただけで、何を知った気になっていたんだろうと思い知らされました。

この街に残していた忘れ物が、僕の探し物を教えてくれました。

原作者ですが、原作者は世界の神なんかじゃない。ただ一度、偶然智花《ともか》たちの存在を『観測《かんそく》』した、どこにでもいる一人《ひとり》の男に過ぎなかったのかな、なんて。

だから、彼女たちの人生を必ずしも十全に把握しようとしなくても良いのかな、なんて。

そう思ったら僕もまた『ロウきゅーぶ！』の未来が楽しみで仕方なくなってきました。

ただ偶然、僕が最初に見つけることができた、小学生五人と長谷川昴《はせがわすばる》の物語。この先の出来事は、僕も一人《ひとり》のファンとしてのんびり見つめたいな。そう強く願《ねが》います。

拙《つたな》い語り部にここまで付いてきて下さり、本当にありがとうございました！

ここで蒼山《あおやま》サグは筆を置きますが、『ロウきゅーぶ！』という世界は必ずどこかで続いています。なので、もしよければこれからも僕と同じ場所から、彼女たちの行く末を見守っていきましょう！　重ね重ね、この十五冊の『同行二人《どうぎょうににん》』に、心からお礼を！

二〇一五年吉日　蒼山サグ

Thank you for reading!

ロウきゅーぶ！のお話をいただいて
から6年半もの月日が立つのですね。
今ではすっかり智花たちを描くのが
生活の一部になってしまいました。
その時に入学した小学生が、
もう中学生になっていることを
考えると本当に長かったと、
とても実感いたします。

正直、辛いことも多くて、結局最後まで
この子たちを理想通りの可愛さに
描いてあげることができなかったと
思うのが心残りですが、
今はこの素敵な物語に関わらせていただき、
そして慧心学園の子たちを描かせて
いただいたことを心から嬉しく思い
感謝しております。
本当にありがとうございました。
なんだかお別れみたいですが「天使の3P！」
は続いていくのでこれからも
よろしくお願いいたしますね。

◉蒼山サグ著作リスト

「ロウきゅーぶ！」（電撃文庫）
「ロウきゅーぶ！②」（同）

「ロウきゅーぶ！③」（同）
「ロウきゅーぶ！④」（同）
「ロウきゅーぶ！⑤」（同）
「ロウきゅーぶ！⑥」（同）
「ロウきゅーぶ！⑦」（同）
「ロウきゅーぶ！⑧」（同）
「ロウきゅーぶ！⑨」（同）
「ロウきゅーぶ！⑩」（同）
「ロウきゅーぶ！⑪」（同）
「ロウきゅーぶ！⑫」（同）
「ロウきゅーぶ！⑬」（同）
「ロウきゅーぶ！⑭」（同）
「ロウきゅーぶ！⑮」（同）
「天使の3P《スリーピース》！」（同）
「天使の3P《スリーピース》！×2」（同）
「天使の3P《スリーピース》！×3」（同）
「天使の3P《スリーピース》！×4」（同）
「天使の3P《スリーピース》！×5」（同）

本書に対するご意見、ご感想をお寄せください。

電撃文庫公式ホームページ 読者アンケートフォーム
http://dengekibunko.dengeki.com/
※メニューの「読者アンケート」よりお進みください。

ファンレターあて先
〒102-8584　東京都千代田区富士見1-8-19
アスキー・メディアワークス電撃文庫編集部
「蒼山サグ先生」係
「てぃんくる先生」係

本書は書き下ろしです。

電撃文庫

ロウきゅーぶ！⑮

蒼山《あおやま》サグ

発　行　2015年7月10日　初版発行

発行者　塚田正晃
発行所　株式会社KADOKAWA
〒102-8177　東京都千代田区富士見2-13-3
プロデュース　アスキー・メディアワークス
〒102-8584　東京都千代田区富士見1-8-19
03-5216-8399（編集）
03-3238-1854（営業）
装丁者　荻窪裕司（META＋MANIERA）
印刷・製本　旭印刷株式会社

ISBN978-4-04-865192-9　C0193　Printed in Japan

電撃文庫　http://dengekibunko.dengeki.com/
株式会社KADOKAWA　http://www.kadokawa.co.jp/

電撃文庫創刊に際して

文庫は、我が国にとどまらず、世界の書籍の流れのなかで〝小さな巨人〟としての地位を築いてきた。古今東西の名著を、廉価で手に入りやすい形で提供してきたからこそ、人は文庫を自分の師として、また青春の想い出として、語りついできたのである。

その源を、文化的にはドイツのレクラム文庫に求めるにせよ、規模の上でイギリスのペンギンブックスに求めるにせよ、いま文庫は知識人の層の多様化に従って、ますますその意義を大きくしていると言ってよい。

文庫出版の意味するものは、激動の現代のみならず将来にわたって、大きくなることはあっても、小さくなることはないだろう。

「電撃文庫」は、そのように多様化した対象に応え、歴史に耐えうる作品を収録するのはもちろん、新しい世紀を迎えるにあたって、既成の枠をこえる新鮮で強烈なアイ・オープナーたりたい。

その特異さ故に、この存在は、かつて文庫がはじめて出版世界に登場したときと、同じ戸惑いを読書人に与えるかもしれない。

しかし、〈Changing Times,Changing Publishing〉時代は変わって、出版も変わる。時を重ねるなかで、精神の糧として、心の一隅を占めるものとして、次なる文化の担い手の若者たちに確かな評価を得られると信じて、ここに「電撃文庫」を出版する。

1993年6月10日
角川歴彦

電撃文庫

ロウきゅーぶ！
蒼山サグ
イラスト／てぃんくる

ロリコン疑惑で部活を失ったのに、なぜか気づけば小学校女子バスケ部コーチに⁉　少女たちに翻弄されるも昴はついに——。第15回電撃小説大賞《銀賞》受賞作！

あ-28-1　1719

ロウきゅーぶ！②
蒼山サグ
イラスト／てぃんくる

少女たち五人のさらなる成長を目指し、小学校内で合宿を行うことになった昴。解決しなくちゃいけない問題は山積み、色々な意味での問題も山積みで——⁉

あ-28-2　1774

ロウきゅーぶ！③
蒼山サグ
イラスト／てぃんくる

プール開き目前な本格的な夏到来。泳げない愛莉のため＆センターとしての精神的成長を促すためにも昴は文字通り一肌脱ぐのだが、そこに忍び寄る女の影が——⁉

あ-28-3　1840

ロウきゅーぶ！④
蒼山サグ
イラスト／てぃんくる

初となる他校の女子バスケ部との試合にわくわくの智花たち。だが、着いた先の強豪校からの扱いはひどく、野外キャンプな上、大事な秘密までバラされて——⁉

あ-28-4　1897

ロウきゅーぶ！⑤
蒼山サグ
イラスト／てぃんくる

夏といえば海。海といえば水着。真帆の別荘で行われる強化合宿は、夏休みということで智花たちバスケ部もやる気満々なのだが、一人ひなたが落ち込み気味で——。

あ-28-5　1958

電撃文庫

ロウきゅーぶ！⑪
蒼山サグ
イラスト／てぃんくる

真帆のお父さんの計らいで、小さいながらも初めての大会に参加する慧心女バスの五人。気合い十分の彼女たちの前に立ちはだかるのは……下級生と昴の誕生日!?

あ-28-12　2421

ロウきゅーぶ！⑫
蒼山サグ
イラスト／てぃんくる

公式戦に向け練習メンバーも十人になったのだが、チームワークはいまだガタガタのまま……。そんな時、紗季の商店街主催のお祭りで屋台勝負が始まり——。

あ-28-13　2489

ロウきゅーぶ！⑬
蒼山サグ
イラスト／てぃんくる

いよいよ始まった因縁の硯谷女学園との公式試合。一進一退の白熱する展開の中、慧心女バスにアクシデントが発生。はたして試合の行方は——!? いよいよ物語も佳境！

あ-28-14　2565

ロウきゅーぶ！⑭
蒼山サグ
イラスト／てぃんくる

クリスマス直前。昴に降ってきたのは、養護教諭・冬子とのお見合い騒動だった。慧心女バスメンバーと一緒に冬子の実家の温泉旅館に向かう昴の運命やいかに——!?

あ-28-16　2706

ロウきゅーぶ！⑮
蒼山サグ
イラスト／てぃんくる

小学生も終わりに近づいた二月。全国大会出場チームと合同合宿に挑むことになった智花たちなのだが……どうやら相手の娘たちは昴が気に入ったご様子で——!?

あ-28-20　2953

電撃文庫

天使の3P《スリーピース》！
蒼山サグ
イラスト／てぃんくる

過去のトラウマから不登校気味の貫井響は、密かに歌唱ソフトで曲を制作するのが趣味だった。そんな彼にメールしてきたのは、三人の個性的な小学生で――!?

あ-28-11　2347

天使の3P《スリーピース》！×2
蒼山サグ
イラスト／てぃんくる

とある事情によりキャンプで動画を撮ることになった『リトルウイング』の五年生三人娘。なぜか響も一緒にお泊まりすることになり、何かが起きないわけがない!?

あ-28-15　2626

天使の3P《スリーピース》！×3
蒼山サグ
イラスト／てぃんくる

小学生三人娘と迎える初めての夏休み。響たちの許に届いたのは島おこしイベントの出演依頼だった。海遊びに興味津々な三人だが、依頼先に待っていたのは――!?

あ-28-17　2750

天使の3P《スリーピース》！×4
蒼山サグ
イラスト／てぃんくる

小学生たちと過ごす夏休みは終わらない！島から来た女の子とのデート疑惑により、三人とも強要される響。まずは自由研究の課題探しも兼ねて潤とデートするのだが――!?

あ-28-18　2822

天使の3P《スリーピース》！×5
蒼山サグ
イラスト／てぃんくる

「あたしにもまだチャンスあるかな……」思わずこぼれた一言で少しお互いを意識し始めた響と桜花。そんな中、潤たちもさらなる成長を目指し動き始めたが――。

あ-28-19　2891